JN245049

安吾巷談

坂口安吾
Ango Sakaguchi

三田産業

目次

麻薬・自殺・宗教

伊豆の伊東にヒロポン屋というものが存在している。旅館の番頭にさそわれてヤキトリ屋へ一パイのみに行って、元ダンサーという女中を相手にのんでいると、まッ黒いフロシキ包み(一尺四方ぐらい)を背負ってはいってきた二十五六の青年がある。女中がついと立って何か話していたが、二人でトントン二階へあがっていった。

三分ぐらいで降りて戻ってきたが、男が立ち去ると、

「あの人、ヒロポン売る人よ。一箱百円よ。原価六十何円かだから、そんなに高くないでしょ」

という。東京では、百二十円から、百四十円だそうである。

ヒロポン屋は遊楽街を御用聞きにまわっているのである。最も濫用しているのはダンサーだそうで、皮下では利(き)きがわるいから、静脈へ打つのだそうだ。

「いま、うってきたのよ」

と云って、女中は左腕をだして静脈をみせた。五六本、アトがある。中毒というほどではない。ダンサー時代はよく打ったが、今は打たなくともいられる、睡気ざましじゃなくて、打ったトタンに気持がよいから打つのだと言っていた。

この女中は、自分で静脈へうつのだそうだ。

「たいがい、そうよ。ヒロポンの静脈注射ぐらい、一人でやるのが普通よ。かえって看護婦あがりの人なんかがダメね。人にやってもらってるわ」

そうかも知れない。看護婦ともなればブドウ糖の注射でも注意を集中してやるものだ。ウカツに静脈注射など打つ気持にはなれないかも知れない。

織田作之助はヒロポン注射が得意で、酒席で、にわかに腕をまくりあげてヒロポンをうつ。当時の流行の尖端だから、ひとつは見栄だろう。今のように猫もシャクシもやるようになっては、彼もやる気がしなかったかも知れぬ。

織田はヒロポンの注射をうつと、ビタミンBをうち、救心をのんでいた。今でもこの風俗は同じことで、ヒロポン・ビタミン・救心。妙な信仰だ。しかし、今の中毒患者はヒロポン代で精一パイだから、信仰は残っているが、めったに実行はされない。

「ビタミンBうって救心のむと、ほんとは中毒しないんだけど」

などと、中毒の原因がそッちの方へ転嫁されている有様である。救心という薬は味も効能も仁丹ぐらいにしか思われないが、ベラボーに高価なところが信仰されるのかも知れない。しかし織田が得々とうっていたヒロポンも皮下注射で、今日ではまったく流行おくれなのである。第一、うつ量も、今日の流行にくらべると問題にならない。

私は以前から錠剤の方を用いていたが、織田にすすめられて、注射をやってみた。注射は非常によろしくない。中毒するのが当然なのである。なぜなら、うったトタンに利いてくるが、一時間もたつと効能がうすれてしまう。誰しも覚醒剤を用いる場合は、もっと長時間の覚醒が必要な場合にきまっているから、日に何回となく打たなければならなくなって、次第に中毒してしまう。

錠剤の方は一日一回でたくさんだ。ヒロポンの錠剤は半日持続しないが、ゼドリンは一日ちかく持続する。副作用もヒロポンほどでなく、錠剤を用いるなら、ゼドリンの方がはるかによい。

錠剤は胃に悪く、蓄積するから危険だというが、これはウソで、胃に悪いといっても目立つほどでなく、煙草にくらべれば、はるかに胃の害はすくない。蓄積という点も、私はアルコールを用いて睡ったせいか、アルコールには溶解し易いそうで、そのせいか蓄積の害はあんまり気付かなかった。私の仕事の性質として、一週間か十日は連続して服用する必要がある。あと三四日は服用をやめて休息する。すると連続服用のあとは、服用をやめてからも二日間ぐらいは利いている。その程度であった。しかし私の場合はウイスキーをのむから、これに溶けてハイセツされて蓄積が少いということも考えられ、ウイスキーをのまない人の場合のことはわからない。便秘したりすると、いつまでも利いている。

精神科のお医者さんの話でも、あれを溶解ハイセツするにはウイスキーがいちばんよいらしいとのことで、私の経験によっても、錠剤を用いる限りは、ウイスキーをのんで眠って、十日のうち三日ぐらいずつ服用を中止していると、殆(ほとん)ど害はないようだ。

又、服用の量も、累進するということはない。これは多分に気のせいがあって、昨日よりも余計のまないと利かないような気がするだけだ。

ただ、実際、利かない場合が一度だけある。それは三四日服用を中止したのち、改めて服用しはじめた第一日目で、この時だけは、なかなか利かない。つまり蓄積がきれているせいだろう。したがって、その反対に、蓄積すれば小量のんで利くことが成り立つわけで、事実その通りなのである。だから、第一日目だけ、当人の定量より多い目にのむ必要があるが、翌日はもう定量でよく、三日目、四日目は定量以下へ減らしても利く。多くの人は、このことを御存じない。どうしても定量、又は定量以上のむ必要があると思いこんでいるのである。

私の場合で云うと、私はゼドリンの二ミリの錠剤を七ツぐらいずつのむ習慣だった。一ミリなら十四のわけだが、どうも、二ミリ七ツの方が利くようである。これは製造元でたしかめると分るだろう。二ミリ七ツというのは普通の定量よりは倍量ちかく多いが、しかし、私は四五年もつづけていて、これで充分だったのである。織田にしても日に最低三ミリは注射していたし、現在ダンサーの多くは三十ミリの注射ぐらい、朝メシ前という状態である。注射だと、どうしても、そうなりやすい。

私は七ツの定量のところ、第一日目だけ、九ツのむ。二日目は七ツでよく、三日目、四日目は、六ツ、五ツと下げ、四ツですむこともあった。利かなかったら、またのめばよいのだから、はじめは小量でためしてみることがカンジンで、覚醒剤は累進して用いないと利かないという信仰を盲信してはいけないのである。

したがって、私は覚醒剤の害というものを経験したことはなかった。

害のひどいのは催眠薬だ。


私はアドルムという薬をのんで、ひどく中毒したが、なぜアドルムを用いたかというと、いろいろの売薬をのんでみて、結局これが当時としては一番きいたからである。今日では、もっと強烈なのがあるらしいが、私はアドルム中毒でこりて、ほかの素性の正しい粉末催眠薬を三種類用いて、みんな、また、中毒した。

現在日本の産業界はまだ常態ではないので、みんな仕事に手をぬいている。当然除去しうる副作用の成分を除去するだけの良心的な作業を怠っているわけで、それで中毒を起し易いのだそうだ。しかし、当今は乱世で、副作用などはどうでもよく、手ッ取りばやく利けばいい、というお客の要求が多いから、益々、副作用を主成分にしたような催眠薬が現れる。一粒のむと、トタンに酩酊状態におちいるような魔法の薬が現れるのである。

人はなぜ催眠薬をのむか、といえば、このバカヤロー、ねむるためにきまッてらい、と叱られるだろうが、当今は乱世だから、看板通りにいかない。

私の場合は覚醒剤をのんで仕事して、ねむれなくて（疲労が激しくなってアルコールだけでは眠れなくなった）仕方がないので、ウイスキーとアドルムをのんでるうちに中毒した。このアドルムは、ヒロポンの注射と同じように、のむとすぐ利く、しかし、すぐ、さめる。一二時間でさめる。そこで一夜に何回ものむようになって、中毒するようになるのである。

しかし、中毒するほど、のんでみると、この薬の作用が、人を中毒にさそうような要素を含んでいることが分ってくる。

田中英光はムチャクチャで、催眠剤を、はじめから、ねむるためではなく、酒の酔いを早く利かせるために用いていた。この男の苦心は察するに余りがある。あれぐらいの大酒飲みは、いくら稼いでも飲み代に足りないから、いかにして早く酔うかという研究が人生の大事となるのである。この男は乱世の豪傑のシンボルで、どれぐらい酒を飲んだか、ということが分らないと、彼の悲痛な心事は分らないようだ。

この男が、二年ほど前、私が熱海で仕事をしていたとき、女の子をつれて遊びに来て、三日泊って行ったことがある。

朝、一しょにのむ。私が一睡りして目をさますと、彼は私の枕元で、まだ飲んでいる。仕方がないから、私も一風呂あびてきて、また相手をすると、酔っ払って、ねむくなる。又、ねむる。目をさますと、もう、とっぷり夜になっていて、私の枕元では、益々酒宴はタケナワとなっているのを発見するのである。仕方がないから、また相手になって、ねむたくなって、

「オイ、もう、とてもダメだから、君は君の部屋へひきあげて、のんでくれよ」

と云うと、

「ヤ、そうですか。じゃア、ウイスキーもらって行きます。それから、奥さんに来ていただいていいですか」

といって、田中と女二人が行ってしまう。田中の部屋では、田中と女二人でトランプをして、その間中、田中はウイスキーとビールを呷(あお)りつづけているのである。

ロスアンゼルス出場のオリムピック・ボート選手、六尺、二十貫。彼は道々歩きながらウイスキーをラッパのみにするのが日常の習慣で、したがって、コップに波々とついだウイスキーを、ビールのようにガブガブのむ。私は胃が悪いので、小量で酔う必要があって、ウイスキーをのんでいたが、あの当時は、熱海にはウイスキーがないので、東京の酒場からウイスキーとタンサンを運んでもらっており、いつも一ダースぐらいずつストックがあった。そのストックを田中英光は三日間で完全に飲みあげてしまったのである。

田中と飲んでいると、まったくハラハラする。貴重なるウイスキーがビールのように目に見えてグングン減るからである。三十分とたたないうちに、一本カラになる。ウソみたいである。本当だから、尚、なさけない。

私が旅館をひきあげるとき、勘定を支払う時に、また驚いたが、田中は私のウイスキーをのみほしたほかに、ビール二ダースと日本酒の相当量をのみほしていたのである。これはみんな、私の部屋から追ッ払われて、自分の部屋へひきあげてから、寝酒にのんだのだ。眠っている時間のほかは完全に酒をのみつづけており、私のところへ来た時ばかりではなく、概ね彼の日常がそうであったらしい。

一日に三四本のウイスキーを楽々カラにして、ほかにビールも日本酒ものむ胃袋であるから、彼がいくら稼いでも、飲み代には足りなかったろう。いかにして早く酔うかということが、彼の一大事であったのは当然だ。そこで催眠薬を酒の肴にポリポリかじるという手を思いついたのはアッパレであるが、これは、どうしても田中でないと、できない。

今、売りだされているカルモチンの錠剤。あれは五十粒ぐらい飲んでも眠くならないし、無味無臭で、酒の肴としても、うまくはないが、まずいこともない。田中がカルモチンを酒の肴にかじっているときいたとき驚かなかったが、カルモチンでは酔わなくなって、アドルムにしたという話には驚いた。あの男以外は、めったに、できない芸当である。

アドルムは、のむと、すぐ、ねむくなる。第一、味の悪いこと、吐き気を催すほどであるが、田中は早く酔うためには、なんでもいい主義であったらしい。それにしても、酒の肴にアドルムをかじることが可能であるか、どうか。まア、いっぺん、ためして、ごらんなさい。そうしないと、この乱世の豪傑の非凡な業績は分らない。

　この一二年、田中が書きなぐっている私小説に現れてくる飲みっぷりの荒っぽさは、けっして誇張でなく、むしろ書き足りていないのである。事実の方がもっとシタタカ酒をのんでいた。あの男が、六尺、二十貫のからだにコップをギュッとにぎりしめて、グビリグビリとビールのようにウイスキーをのみへらすのを見ると、とてもこの豪傑と一しょに酒は飲めないという気持になる。こうして朝から夜中まで五軒でも十軒でもまわる。ともかく、いくらか太刀打ちできたのは郡山千冬で、この男も、五日でも十日でも目を醒している限りは酒をのんでいられる。しかし酒量に於ては田中の半分には達しない。最後までツキアイができた悲しさに、田中の小説の中でいつも悪役に廻って散々な目にあわされているが、田中の小説は郡山に関する限り活写されてはいる。しかし、田中自身が活写されていないからダメである。両雄相からみ相もつれるに至った大本のネチネチした来由、それはツマラヌ酒屋の支払いの百円二百円にあることで、三銭の大根を十銭だして買ってオツリが一銭足りなくて、オカミサンが八百屋に恨みを結ぶに至るというような、それと全く同じ程度にすぎない俗な事情にあることを、彼は彼自身の場合に於ては、その俗のまま書くことを全く忘れている。ただ相手のことだけ書いているのである。

こういう田中だから、友達ができなかったのは仕方がない。自分だけ人に傷(きずつ)けられてると思っているのだから、始末がわるい。

女を傷害して、その慰藉料ということで、彼は悪戦苦闘していたそうだが、こういうことは友達にたのめば一番カンタンで、友達というものは、こういう時のために存在するようなものである。

我々文士などというものは、人のことはできるが自分のことはできない。人の借金の言い訳はできるが、自分の借金の言い訳はできない。福田恆存が税務署へ税金をまけてもらいに行こうとしたら、隣家の高田保が、

「自分の税金のことは云いにくいものだから、ボクが行ってきてあげよう」

と、たのみもしないのに、こう言って出かけてくれたそうだ。さすがに保先生は達人で、まったく、保先生の云う通りのものなのである。

困った時には友達にたのむに限る。私が二度目の中毒を起したとき、私は発作を起しているから知らなかったが、女房の奴、石川淳と檀一雄に電報を打って、きてもらった。ずいぶん頼りない人に電報をうったものだが、これが、ちゃんと来てくれて、檀君は十日もかかりきって、

せっせと始末をしてくれたのだから、奇々怪々であるが、事実はまげられない。平常は、この人たちほど、頼りにならない人はない。檀一雄は、私と約束して、約束を果したことは一度もない。たぶん、完全に一度もないが、本当に相手が困った時だけ寝食忘れてやりとげるから妙だ。

田中英光の場合は、友だちに頼めば、なんでもなかったのである。その友だちが居なかった。私自身が田中と同じ中毒を起こしたことがあるから、よく分るが、孤独感に、参るのである。ほかに理由はないが、孤独感から、ツイ生ききれない思いで、一思いに死にたくなる。その誘惑とは私もずいぶん、たたかった。一度、本当に死ぬつもりになったことがある。そのときは、女房が郡山千冬に電報をうって来てもらって、どうやら一時をしのいだが、それ以来、発作の時は親しい人をよぶに限ることに女房が気付いて、二度目の時には石川淳と檀一雄に来てもらったのである。そして、渡辺彰、高橋正二という二人の青年を泊りこませ、その他、八木岡英治や原田裕やに、夜昼見廻りに来てもらうというような、巧妙な策戦を考えてくれた。

そうして私が気がついたとき、私は伊東に来ており、私の身辺に、四五人の親しい人たちが泊りこんでいるのを発見した。

結局中毒などというものは、入院してもダメである。一種の意志薄弱から来ていることであるから、入院して、他からの力や強制で治してみても、本来の意志薄弱を残しておく限りは、どうにもならない。入院療法は、治るということに狎れさせるばかりで、たいがい再中毒をやらかすのは当然だ。結局、自分の意志力によって、治す以外に仕方がない。

　私は伊東でそのことに気付いたから、あくまで自分で治してみせる決意をたてたが、しかし、自由意志にまかせておいて中毒の禁断苦と闘うのは苦痛で、大決意をかためながらも、三回だけ、藤井博士から催眠薬をもらった。二度はきかなくて、三度目に、特にオネダリして強烈な奴をもらったが、それだけでガンバッて、とうとう禁断の苦痛を通過し、自分で退治ることができた。今はもう、一切薬を用いていない。

　病院へ入院し、強制的に薬を中絶された場合には、私のように三度オネダリすることも不可能で、完全に一度も貰えないのであるが、自分の自由意志によって、そうなるのではないから、ダメなのである。だから精神病院の療法はこの点に注意する必要があって、二度や三度は薬を与えても、患者の自由意志によって治させるような方向に仕向けることを工夫すると、中毒の再発はよほど防ぐことができるのではないかと思う。これは中毒のみではなく、精神病全般について云えることで、分裂病などでも、あるいは自覚的にリードできる可能性があるのではないかという気がするのである。

　とにかく、精神病（中毒もそうだろう）というものは、親しい友だちに頼むに限る。私は幸い、女房が石川淳と檀一雄をよんで急場をしのいでもらって、その後も適当の方策をめぐらしてくれたので、伊東へきて、大決意をすることができた。

私の中毒にくらべると、身体がいいせいもあって田中英光は、決して、それほど、ひどい衰弱をしてはいない。彼は一人で、旅行もし、死ぬ日まで東京せましととび歩き、のみ廻っていたほどだ。

私ときては、歩行まったく困難、最後には喋ることもできなくなった。

田中英光のように、秋風の身にしむ季節に、東北の鳴子温泉などというところへ、八ツぐらいの子供をつれて、一人ショボンボリ中毒を治し、原稿を書くべく苦心悪闘していたのでは、病気は益々悪化し、死にたくなるのは当りまえだ。孤独にさせておけば、たいがいの中毒病者は自殺してしまうにきまっている。

しかし私のように、意志によって中毒をネジふせて退治するというのは、悪どく、俗悪きわまる成金趣味のようなもので、素直に負けて死んでしまった太宰や田中は、弱く、愛すべき人間というべきかも知れない。

田中の場合がそうであるが、催眠薬はねむるためだと思うとそうでなく、酩酊のためだ。そして、このことは、案外一般には気付かれずに、しかし多くの人々が、その酩酊状態を愛することによって、催眠薬中毒となっているようである。

私自身も、自分では眠るためだと思っていたが、いつからか、その酩酊状態を愛するようになっていた。

　催眠薬は一般に、すべて酩酊状態に似た感覚から眠りに誘うが、アドルムは特にひどい。先ずまず目がまわる。目をひらいて天井を見れば天井がぐるぐるまわっている。

　私は中学生のころ、はじめて先輩に酒をのませられて、いきなり部屋がグルグル廻りだしたのでビックリしたが、そんなことは酒の場合は二度とはない。ところが、アドルムは、常にそうだ。

　私は若いころスポーツで鍛えたせいか、足腰がシッカリしていて、酒をのんでも、千鳥足ということが殆どない。ところが、アドルムは、テキメンに千鳥足になる。

　頭の中の感覚が、酒の酩酊と同じようにモーローとカスンでくるのであるが、酒より重くネットリと、又、ドロンと澱よどみのようなものができて、酒の酩酊よりもコンゼンたる経過を経験する。睡眠に至るこの酩酊の経過が病みつきとなり、それを求めるために次第に量をふやして、やがて、中毒ということになるらしい。私はそうだった。

　いったん中毒してしまうと、非常に好色になり、女がやたらに綺麗に見えて、シマツにおえなくなる。これは中毒になってから起ることで、単にアドルムをのんでるうちは、こうはならない。

　私は単に睡るためにアドルムを用い、常に眠りを急いでその為のみに量をふやす始末であったから、気がつかなかったが、アドルムをのむと愛撫の時間が延びるという。これは田中が書いている。田中は睡るためでなく、酔うためにのんだアドルムだから、そういう経験に気付いたのであろうが、あの薬の酩酊状態はアルコールと同じで、アルコールよりも強烈なのだから、そういう事実が起るのは当然かも知れない。

ある若い作家の小説にも、たくましい情人に太刀打ちするのにアドルム一錠ずつのむというのがあったが、してみると、その効能は早くから発見されて、ひろく愛用されているのかも知れない。

先日、田中英光の小説を読んで感これを久うした含宙軒師匠がニヤリニヤリと、フウム、あの薬をのむと、勃起しますかなア、とお訊きになったが、勃起はどうでしょうか。私は中毒するまで気がつかなかった。完全な中毒に至ると、一日中、勃起します。しかし、もうその時は、歩行に困難を覚え、人の肩につかまって便所へ行くようなひどい中毒になってからで、これでは差引勘定が合わない。人の肩につかまって歩きながら、アレだけは常に勃起しているというのは、怪談ですよ。

病院へいって治せるなら、すぐにも、入院したいと思う。又、事実、中毒というものは持続睡眠療法できわめてカンタンに治ってしまう。鉄格子の部屋へいれて、ほッたらかしておいても、自然に治る。けれども、カンタンに治してもらえるというのは、カンタンに再び中毒することと同じことで、眠りたいから薬をのむ、中毒したから入院する、まことに二つながら恣意的で、こうワガママでは、どこまで行っても、同じくりかえしにすぎない。

この恣意的なところが一番よく似ているのは宗教である。中毒に多少とも意志的なところがあるとすれば、眠りたいから催眠薬をのみたい、苦しいから精神病院へ入院したい、というところだけであるが、人が宗教を求める動機も同じことだ。どんな深遠らしい理窟をこねても、根をただせば同じことで、意志力を失った人間の敗北の姿であることには変りはない。

教祖はみんなインチキかというに、そうでもなく、自分の借金の言い訳はむつかしいが、人の借金の言い訳はやり易いと同じような意味に於て、教祖の存在理由というものはハッキリしているのである。

教祖と信徒の関係は持ちつ持たれつの関係で、その限りに於て、両者の関係自体にインチキなところはない。ただ意志力を喪失した場合のみの現象で、中毒と同じ精神病であるところに欠点があるだけだ。

麻薬や中毒は破滅とか自殺に至って終止符をうたれるが、宗教はともかく身を全うすることを祈願して行われているから、その限りに於て健全であるが、ナニ麻薬や中毒だって無限に金がありさえすれば、末長く酔生夢死の生活をたのしんでいられるはず、本質的な違いはない。両者ともに神を見、法悦にひたってもいられるのである。

精神的な救いか、肉体的な救いか。肉体的な救いなどというものは、空想上のみの産物で、現世に実存するものではない。しかし、精神的な救いを過度に上位におくのも軽率の至りで、あるとすれば無為の境涯があるだけだ。

救いなどというものはない、こう自覚することが麻薬中毒を治す第一課で、精神病院へ入院してもダメ、こと精神に関しては、自分の意志で支配して治す以外に法がないとさとる。救いは実在しないこと、自分の力で生きぬく以外に法がないと知って、お光り様へ出かけて行くバカはいない。もっとも、ヒヤカシ、というのはある。アソビ、というのもある。徒然（つれづれ）だし、野球やタマツキや三角クジもあきたし、ひとつお光り様と遊んでみよう、という。これは甚（はなは）だ健康だが、しかし、ヒロポン中毒のダンサーや浮浪児なども、もとはといえば、そういう健全娯楽の精神でイタズラをはじめて、中毒してしまったのである。宗教にもこれが非常に多いのである。まア徒然だし、人にさそわれて、退屈しのぎにヒヤカシにでかけて行くうちに、宗教中毒してしまう。

麻薬中毒が、ヒロポンからコカインへ、アヘンから催眠薬へ、又ヒロポンへというように、相手はなんでもいいから中毒すればよいという麻薬遍歴を起すと同じように、宗教の場合も大本教から人の道へジコー様へお光り様へというように宗教遍歴を起す。すべて同一系列の精神病者と思えばマチガイはない。

いったい、この世に精神病者でないものが実在するか、というと、これはむつかしい問題で、実在しないと云う方が正しいかも知れない。程度の問題だからだ。すべての人間が犯罪者でありうるように、精神病者でありうる。麻薬中毒と宗教中毒は、アリウルの世界をすぎて、アルの世界に到達した場合で、精神病院へ入院してみると、病室は概して平和で、患者はつつましく生活しており、麻薬中毒や宗教中毒のような騒音はすくない。麻薬中毒も幻視幻聴が起きるが、宗教中毒もそうである。

私は日本人は特に精神病の発病し易い傾向にある人種だと思うが、どうだろう。

私は東大神経科へ入院しているとき、散歩を許されて、ほかに行く場所もないので、再三後楽園へ野球を見物に行った。私は長蛇の列にまじって行列しながら、オレが精神病者であることはハッキリしているが、ほかの連中もそうなんじゃないかな、この連中はその自覚がないのだから何をするか見当がつかないし、薄気味わるくて困った。

私は野球を自分で遊ぶことは楽しいが、見るのは、そんなに好きでない。単にそれだから云うわけではないが、ほかに見ること為すことタクサンあるのに、なぜ、あんなにタクサンの人間が野球を見物しているか、ということだ。つまり、流行だからである。新聞が書きたてるからだ。面白くても面白くなくても、かまわない。流行をたのしむ精神である。

これを私は集団性中毒と名づけて、初期の精神病と見るのである。麻薬中毒や宗教中毒は二期に属し、集団性中毒はこれよりは軽く、一歩手前の状態である。

自分で見物したいと意志してはいるが、根本的には自由意志が欠けている。好きキライをハッキリ判別する眼力が成熟せず、自分の生活圏が確立されていない。新聞の書きたてるものへ動いて行く。動いて行くばかりで停止し、発見することがない。これがこの中毒患者の特長である。

シールズ戦を見物の帰り、池島信平が、ウーム、あれだけの人間に二冊ずつ文藝春秋を持たせてえ、と云ったが、これだけ商売熱心のところ、やや精神病を救われている。私は伊東からわざわざ見物に行ったから、まだ精神病かも知れないが、こうして原稿紙に書きこんで稼いでいるから、やっぱり商業精神の発露で、病気完治せりと判断している。

私はヤジウマではあるが流行ということだけでは同化しないところがチョットした取柄であった。戦争中、カシワデのようなことをして、朝な朝なノリトのようなものを唸る行事に幸い一度も参加せずにすむことができたし、電車の中で宮城の方向に向って、人のお尻を拝まずにすんだ。

ベルリンのオリンピックでオリムポスの神殿の火を競技場までリレーするのは一つの発明で結構であるが、それ以来、やたらと日本の競技会で、なんでもいいから、どこからか火を運ぶ。なにかを運んでリレーをしてからでないと、今もって日本の競技会はひらくことができないのである。海の彼方からは、赤旗の乱舞とスクラムとインターの合唱をやってみせないと気がすまないという宗教団体が船に乗って渡ってくる。

この競技会の主催者や日本海を渡ってくる宗教団体は、悪質な宗教中毒の親玉であり、ノリトやカシワデが国を亡したように、こんな宗教行事が国家的に行われるようになると国は又亡びる。国家的な集団発狂が近づいているのである。

美とは何ぞや、ということが分ると、精神病は相当抑えることができる。ノリトやカシワデや聖火リレーや天皇服やインターナショナルの合唱は、美ではないことが分るからである。しかし一方、狂人は自らの狂気を自覚しないところに致命的な欠点があるから、ここが非常にむずかしい。狂人には刃物を持たせないこと。最後にはこれだけしかない。権力とか毒薬とか刃物とかバクダンとか、すべて危険な物を持たせないことが、狂人を平和な隣人たらしめる唯一の方法なのである。

天光光女史の場合

※一九四九年、日本初の女性代議士であった松谷天光光(てんこうこう)が、妻子ある青年代議士の園田直と恋愛関係にあることが発覚。やがて妊娠という「厳粛なる事実」が判明した天光光は、激怒する父から逃れるように駆け落ち同然で園田と結婚した。

松谷事件は道具立が因果モノめいていて、世相のいかなるものよりも、暗く、陰惨、蒙昧(もうまい)、まことに救われないニュースであったが、骨子だけを考えれば、昔からありきたりの恋の苦しみの一つで、当事者の苦しみも察せられるのである。

骨子は何かと云えば、

一、政治意見の対立する男女が円満に結婚生活と政治生活を両立せしめうるか。

二、男には妻子がある。

悲しい恋の骨子というものは、何千年前から、似たようなものだ。親父同志が敵味方であるのに、その倅(せがれ)と娘が恋に落ちたという話なら、何千年前のギリシャにも、何百年前の日本にも、又、類型はいたるところに在ったことは、私が今さら例をあげるまでもない。異教徒の恋、異人種の恋、悩みに上下はない。兄妹の恋、近親の恋、いずれも世に容(い)れられず、世の指弾と闘わなければ生きぬくことができない。

骨子としては、そう珍しいものではないし、変ったところはないのであるが、道具立が珍妙、陰惨、蒙昧、何千年来の恋の茶番劇にも、これほど因果モノめいた脚色は先ず見ることができない。ピエロや、アルルカンや、コロンビーヌや、ジャンダルムが活躍し、スガナレルやフィガロが登場しても、これほどの因果モノ的ナンセンスを生みだすことはできなかったのである。

事実は小説よりも奇なりというが、これを又、一生ケンメイに報道している例えば朝日新聞の朝五時十五分脱出、墓参の記というあたり、読んでごらんなさい。

「月明りの中にポカリと黒い人影が二つ……ザクザクザクと霜柱をふみしめながら寂しい松林をすすんで……東天かすかに白み細々と立ちのぼる線香の煙……一分、二分、……五分……この朝の劇的な門出を母の墓前に報告し、その許しを乞う姿なのである……」

「機関銃はダダダ……爆弾はヅシンヅシン、アッ日の丸の感激、思わず目頭があつくなり……」

戦争という言論ダンアツのせいで文章がヘタになったというのはウソの骨頂で、言論自由、もっとも文才華やかなるべき当節に於て、右の二つ、変るところなし。

文章は綴り方だけではない。作者の思想が品格を決定する。右の二つの文章から、作者の思想をさがせ。(試験問題)

だから、新聞というものは、事実の正確な報道だけをムネとして、記者の感情や批判をミジンも出さないようにすれば、私のような三文文士にケチをつけられる筈はないのである。

二三カ月前、読売新聞だけがこの恋愛をスクープしたとき、女史の父正一氏が狂的な怒りをあらわして、天光光は自分が育てた子供だから自分の意志の通りに行動させる。きかなければ天光光を殺して一家心中する、という大変な見幕であった。呆気にとられたのは私一人ではなかった筈だが、これとても、骨子は狂ってはいない。つまり正一氏が結婚反対の理由としてあげている骨子は、

一、政治意見の異る二人に結婚生活は両立しない。

二、男には妻子があり、天光光のために妻子をすてた。したがって、他の女のために天光光をすてる危険がある。

いかにも当然な心配だ。

この二つの事柄については大いに論議の余地があるが、娘の父たる者が、最も常識的な立場で不安を感じるのに不思議はない。

けれども、他の道具立てが、ギリシャのファルスよりもナンセンスで、因果モノで、救いがないのである。

私は日本中の新聞が発狂しているのではないかと考えた。これは多分に好意的な見方なので

ある。もしも発狂ではないとしたまえ。蒙昧。いくら負けた国の話にしても、やりきれないじゃないか。

どの新聞も、あたり前のように、否、父正一氏の立場をむしろ是認して書いている。父が一生かかって果せなかった政治活動を娘にやらせているのだ、と。

天光光氏は、公人として恋愛は不可能だと妙な声明書を発表したことがあったが、右の新聞の筆法だと、天光光なる娘は、私人のほかに公人として行動し、もう一つ、父の身代りとして、三重に生きているヤヤコシイ因果娘なのである。

この国の憲法でも、二十になれば独立独歩の人格として、認められることになっている。そんな約束は別としても、何万人という人々によって選ばれた松谷天光光という代議士が、架空の人物で、親父の身代り、代弁者にすぎない、などという怪談を信じていいのだろうか。

こんな事実が有ったとすれば、日本の悲劇、日本の蒙昧、きわまれり、というべきではないか。こんな因果娘を代議士にもつ国民の顔が見たいネ。田舎のお祭の因果モノの見世物小屋の話ではないよ。現在日本のホンモノの代議士ですよ。こんなバカらしい茶番は、モリエールでも思いつかなかった。ギリシャの天才もこんなギャグに思い至ることができなかった。茶番が発生する地盤には、もっと高い文化生活があって、これほどの蒙昧を許すことができないのだ。総理大臣がキチガイだったというようなナンセンスは可能であるが、困果モノは文化の世界には容れられない。あくまで田舎まわり専門なのである。キチガイは人間の世界であり、これを治す精神病院というものが確立されているが、因果モノは人間の領域ではない。これに対処するには教育という根本問題があるだけで、因果モノや迷信を治す病院などはないのである。

父一代で不可能な事業を子供に継承させるということは大いに有りうることだ。特に、学術に於ては、そうだ。しかし、そこには、発展ということが当然約束されていることを忘れてはならない。

つまり、人間というものが、本来、過去を継承して、発展する動物なのである。その人間本来の関係が、父子の場合に行われるだけの話で、その子に課された役割は、単なる継承や身代りではなく、発展なのだ。言うまでもなく、子は父から独立している。

自分で果し得なかったことを人にやらせる。追放の政治家が黒幕となってロボットを立てる。天皇をロボットにして、号令を行う。そういうロボットを政治の前提として承認し、これを疑り、改良することを忘れている日本人の蒙昧が、この事件の性格でもあるのかも知れない。天光光正一の因果モノ的関係は、日本人本来の因果モノ性に由来しているのかも知れない。すくなくとも、新聞の筆法を見れば、松谷父子の因果モノ的蒙昧さは、新聞人の頭のレベルでもあることが分る。黒幕だのロボットが公認されている日本の政治の悲しさ貧しさ。日本の政治というものが、因果モノでしかない、という悲しい断定も詭弁ではないのである。

天光光を殺して一家心中するという。まことに狂的で不穏であるが、一家心中というのが日本によくあるのだから、笑うわけに行かない。代議士の一家だといっても特別なものではない。日本がそれだけなのである。

見たまえ。この父に対処する天光光嬢は、身は代議士でありながら、少しずつフロシキ包みにして身の廻りの物を持ちだし、みんな持ちだしてしまうと、父の寝しずまるを待って家出して、結婚した。

代議士がミーちゃんハーちゃんと同じことをやってはイカンという規則はない。否。代議士もミーちゃんハーちゃんも同じ人間にすぎないのである。それをハッキリ自覚しておれば、天光光氏も因果モノにはならないのである。

五時十五分。家出して、男の車に迎えられて、走り行く先は墓地とくる。墓前にぬかずき、結婚式場では泣いて……大マジメというのは困るよ。どこにもウイットがない。明るく軽快なところはミジンもなく、自分を客観している理性が欠如しているのである。だから彼女の一挙手一投足、因果モノをぬけだしている要素が根柢（こんてい）的に欠如している。救いがないのである。

これを良く云えば、彼女はあくまで日本的だ。松谷家は代表的な日本人の家でもある。封建時代さながらの、何の理知もない、暗い日本の家なのだ。天光光嬢の行為は、そのような原始日本の一番低い感情や生活を地で行っているだけのことで、その限りに於て、代表的な日本人でもあるわけだ。

ただ我々が、新しい生活、より良い生活というものを考えることを知らない人間でありさえすれば、天光光嬢の武家時代さながらの家出結婚をとりあげる必要はないだけの話なのである。

天光光嬢に関する限りは、その因果モノ的性格が気になるだけのことであるが、園田氏の場合になると、様相はガラリと一変する。

天光光嬢はフロシキ包みを連日にわたって持ちだし、墓前にぬかずき、結婚式場では泣いているが、これをリードする園田氏は徹頭徹尾理知的だ。すべてを客観し構成しているようである。

この家出結婚をスクープした記者は、偶然の情報で、園田氏とレンラクがあったワケはないと云っているが、その情報というものをトコトンまで追求して行けば、正体はおのずから現われてくる。記者の云っていることは、情報は直接園田氏又はその近親から受けとっていない、というだけのことだ。

恋愛というものは、タッタ二人でやる性質のものだ。家出結婚というものも、二人だけの秘密ですむべきものだ。作為がなければ、決して洩(も)れる性質のものではない。まして、女の父は一家心中するとまで云っている危険人物ではないか。その父の寝息をうかがうに、脱出の時間まで、きまっているとは、都合のよすぎる話であるが、もし、読者諸君にして冷静に考えれば、先ず第一に、カゴの鳥ではあるまいし、三十女の、レッキとした代議士が、なんで未明に家出する必要があるか、と疑えば、足りる。午前八時でも十時でも、買物に行ってきます、と云って家を出れば足ります。

未明五時十五分に家出して、墓前へぬかずく、それを追跡する記者がある、芝居じみたことをやるものだ。そんな危険をおかす必要は毛頭ない。ただ、政治的カラクリをのぞいては。

こんな人の理性をなめたことをやらず、真剣に、恋愛一途に没頭し、同じ家出をやるにしても、ミーちゃんハーちゃんと同じように、買い物に行ってきますと云って家出して、つつましく結婚していれば、どれぐらい素直で、人の反感を刺戟しなかったか知れないであろう。

連日にわたってフロシキ包みを持ちだして、ミーちゃんハーちゃんと同じことをやっていながら、家出という一事のみに、代議士なみの効果を利用し、午前五時、ヘッド・ライト、墓前、線香、このイヤミは、人間がその一途の恋に於て当然そうあるべき素直さを汚すこと万々である。

この茶番をマトモにとりあげて疑うことを知らない大新聞の推理力の不足さは決定的で、拙者の探偵小説でも読んで、大いに勉強することである。

御両氏が政治的に失脚することを怖れての努力は当然であるが、その方法に於て、理性の低さということは、ここでも見逃せない。恋愛というものは、恋愛に一途でありさえすれば、他のいかなるカラクリにも勝ること万々で、必ず人をうつ性質のものである。恋愛に一途であって、世の悪評をしりぞけることが出来なかったタメシはない。すてられた女房や亭主に対する同情よりも、一途の恋人の方が必ず世評に於ても勝つのである。

多少の道学者はすてられた女房や亭主に同情するが、ミーちゃんハーちゃんは常に恋人の味方であり、それがほぼ全般的な大衆の気分でもあること、古今東西、殆ど変りはない。

彼らがもし恋愛に一途であり、恋愛のためにすべてを怖れざるの勇気がありさえすれば、彼らは政治的にも救われたのだ。カラクリを弄する必要はない。人間万事、そうだ。事に処してそれに殉ずるのマゴコロがあれば、すべてに於て救われる。

大衆は正直であり、正義派だ。彼らはマゴコロに対しては常に味方で、一つのマゴコロを成就するために多少の罪を犯しても、マゴコロの純一なるによって他の罪を許してくれるほど寛大で、甘いのである。

この点に於て、御両氏は策をあやまっている。

御両氏の結婚を成就せしめんと努力した堤マサヨ代議士に至っては、さらにフンパンの至りで、文士と代議士では、考えること、為すこと、アベコベのようだ。私だったら、こういう友人の激励はゴメン蒙って、どうかお引きとり下さい、と頼む。

厳粛なる事実があったから結婚させた、という。そんなもの、有っても無くても、いいじゃないか。ボクらにとって、問題は、二人が結婚せずにいられないか、いられるか、結婚せずにすむなら、結婚する必要はないだけの話である。情熱の問題である。

厳粛な事実、とは何ですか。ニンシンのことですか。そんなものが結婚を余儀なくせしめる理由になるなら、すでに結婚して何人も子供を生んでいる先夫人の方が、より大きな厳粛な事実じゃないか。この女代議士は何を言うつもりなのだろう。

一時のアヤマリということがある。若気のアヤマチというが、年をとってもアヤマチは絶えないものだ。まして未婚の天光光氏がアヤマチを犯すのは有りがちで、フシギはないのである。

アヤマチは仕方がない。これを繰りかえさぬ分別が大切で、一度のアヤマチを生かして前途の指針の一つとし、二度と同じ愚を犯さぬように利用できれば、充分で、かかる工作を理性の力というのである。

ニンシンぐらい、何でもない。この結婚が不適当と分ったら、ニンシンぐらいにこだわらず、結婚をとりやめるのを理性といい、そこに進歩もあるのである。ニンシンにひきずられて、不適当と知りながら結婚するなどとは、新派悲劇以前で、ヨタモノだったら、女をニンシンさせて抑えつけて、ゆすったりするが、理性ある人間の社会では、こんな悲劇はもう存在しない。ニンシンにひきずられて不適当な結婚をするよりも、私生児をかかえて不適当な結婚を避ける方が、どれぐらい理にかなっているか知れない。

だいたい女が不適当な結婚と知りながらニンシンにひきずられて結婚するのは、女に独立の生活が出来ないからで、男と結婚しなければ生きられず、又、私生児を抱えては他の男と結婚するチャンスもない。そういう場合の悲劇だ。

天光光氏の場合には、あてはまらない。もし私生児を抱えて結婚しないことが不都合であるとすれば、政治的な意味に於てで、選挙対策として不都合だというに尽きるであろう。

生活の手段としての結婚はほぼ絶対的なものであるが、選挙対策としてならば、結婚は必ずしも絶対的のものではない。

堤氏の言う如く、この結婚はまちがっているが、厳粛なる事実があるから、仕方がなかった、などというのは、本末テントウも甚しいものだ。厳粛なる事実などはどうあろうとも、結婚の適、不適、二人の愛情の問題が常に主となるのが当然だ。

天光光氏がすぐれた政治家であるなら、私生児を抱えたって、なんでもない筈なのである。しかしながら、このようにキメつけるのは残酷である。どんなに実質的に偉い政治家でも、人気商売であるから、額面通りにいかない。ちょッとした悪評で、落選する危険は総理大臣たりとも有るのだから、仕方がない。

しかし、選挙対策として、結婚することが絶対にさけがたいものであったか、これは問題のあるところだ。

すくなくとも、天光光氏の場合は、結婚しない方が、よかったかも知れない。そして、天光光氏は、選挙対策よりも、恋愛自体を、より重大に考えていたかも知れない。

私は恋愛だとか結婚というものを処世の具に用いることを必ずしも悪いとは思わない。なぜなら、どんな熱烈な恋心でも、決して永遠のものでは有り得ないからだ。恋心は必ずさめる。きまりきっているのだ。もしも人間が自分の情熱に忠実でなければならないとすれば、なんべん恋愛し、なんべん離婚し、結婚しても、追いつきはしない。結婚などというものは、その出発の時はとにかくとして、あとは約束事であり、世間並のものであり、諦めの世界でもある。だから、結婚を処世の具に用いるぐらい、当然なことでもある。

この自覚がハッキリしておれば、よろしいのである。

かと云って、私は選挙対策のために結婚しました、とも云えなかろう。別に云う必要もないのである。

しかし、処世の具でもあり、一途の恋心によってでもある、ということは成り立たない。二者併存しておれば、何のナヤミ、何の面倒があろうか。

もしもナヤミと面倒があったとすれば、天光光氏の場合に於ては、
一、政治的に対立するものの結婚生活が成り立つか。

二、男には妻子があった。
三、以上の理由で父が反対している。
ということで、すでに前々から云う通り、この骨子に関する限り、珍奇なところはないのである。骨子だけで云えば、これは一応悩むのが当然だ。当事者として、この三つに対処するナヤミのほどは、相当にもつれざるを得なかったであろう。

一番軽率で、イイ加減なのは、厳粛なる事実の先生で、以上の問題が厳粛なる事実などで割り切られては助からんのである。

こういうチンプンカンプンの道義感よりは、選挙対策で恋愛問題を割りきる方がむしろ清潔でサッパリしている。厳粛なる事実などを持ちだす限り、園田氏は妻子を離別すべからず、これが鉄則でなければならない。この厳粛なる事実の前では、天光光氏の厳粛なる事実は問題とならないのである。

もっとも、堤女史が厳粛なる事実を持ちだしたのは、その道義感によってではなく、又、自らの選挙対策によってである、というなら、何をか云わんや。これは論議のほかである。天光光氏の問題とは関係のないことだ。

政党を異にするものの結婚生活が成立するか。

この問題に関して、世は挙げて懐疑派がいないらしいから、フシギである。そんなにハッキリきまったもんかね。政党の異なる人種は結婚できんときまっていますか。

政党とは何ぞや。党員とは何ぞや。選挙に於て、民衆が政党を選ぶか、個人を選ぶか、まア、政党を選ぶ方が本当だろう。民衆は自由人である。党員とは違う。時に際して、時に適した政党を自由に選ぶだけである。

しかし、政党員は政党のロボットで、自由人では有り得ないか、そんなバカなことはない。党員とても自由人で結構ではないか。党員の節操はロボットたることではなかろう。

しかし、まア、そういう論議は政治とは何ぞやということになって始末に負えなくなるから、いい加減で切りあげて、問題を、結婚へ移そう。

政党といっても、根は思想であるが、思想の異る二人の自由人が結婚生活を持続することが出来ないか、どうか。

ボクら文士の場合、文士というものは、徒党的に一括することのできないものだ。一人一人立場が違う。しかし、結婚生活は不可能ではない。

文士二人結婚して、作風を似せ合うということもない。

結婚はとにかくとして、恋愛について云えば、尚更（なおさら）のこと、ショパンはジョルジュ・サンドに惚れたが、この二人は凡（およ）そ思想的に通じたところはない。しかし、思想の異質の人間が、惹かれ合い、恋し合うことは不自然ではなく、世上ザラにあることだ。天光光氏の場合も、ちッとも怪しむに足らないし、又、それだからその恋愛が不純だなどというバカな理窟はありうべきことではない。

恋愛にして、しかりとすれば、結婚はその延長にすぎないもので、なにも屁理窟を弄するところはない。

結婚生活というものは、屁理窟の世界ではないのである。思想が違うから、とか、人種が違うから、とか、そういう一般論では割りきれないもので、男女二人の関係は、いつの世に限らず、男女二人だけの独特の世界だ。各人の個性と個性によって均衡を保つか破れるかする世界で、つまり二人だけで独特の世界を生ずるもの、決して公式によって割りだすことができない。だいたい男女関係が公式で算定できるなら、万事占師にまかせてよろしく、小説家など存在する必要はないのである。

立場も思想も育った環境も違う二人が結婚することはザラにあることだ。恋愛とか結婚は先入主を持つ必要はないのである。二人の愛情が結婚まで延長せざるを得ない思慕によってつながる故に、結婚するというのが、結婚の第一義だ。

私に一番不可解なのは、政党の違う男女が結婚できないときめこんでいる人々の頭で、そんなルールをどこから見つけてきたのですか。

夫婦円満というのは、アナタの云うことゴモットモ、ゴモットモ。バカバカしい。ゴモットモが円満の証拠ではないです。

各人独立独歩の男女なら、みんな各々自ら独自の見解があり、ゴモットモでは、すみませんよ。どこの家庭にも論争のあるのは当然で、ゴモットモの方が、どうかしているのである。独自の見解をまげる必要はないではないか。あらゆる意見が同一でなければ夫婦とは申されないというなら、先ず夫婦というものは、この世に有りうべからざるものだと考えてマチガイはない。

小さな好みの問題ではなく、両人ともに政治家であり、表看板の政治的見解が相違していては致命的だという見方が多いのであるが、だいたいに於て見解の一致ということは一方を奴隷として見る場合にのみ有りうることで、理知というものは、各人の立場の相違というものを基本的に認めているものである。

人格を認め合い、信頼し合えば、友情はなりたつ。結婚生活も同じことで、友情がなりたてば、足りる。両々軽蔑し合えば、もうダメであるが、敵と味方でも尊敬し合うことはできるもので、その限りに於て、政見を異にする故に、夫婦生活が持続できないということはない。

二人の政治意見がおのずから歩み寄ってもよいが、歩み寄らなくともよい。

男女二人のツナガリは常に独自のものであるから、どういう意想外の二人が結びつくのもフシギではなく、その二人が現に在りうれば、そういう関係が有りうることになるだけなのである。

私はしかし御両氏の関係は、かなり前途多難だと考えている。

その第一は、天光光氏は理知性が低い。自分を客観的に眺めるという態度が本質的に欠けている。彼女は純情であり、恋愛に対してはヒタムキであるが、その政治行動が父のウケウリであったように、自分の判断というものが乏しいのである。これも父正一氏のウケウリであろうが、夫婦は政見を同じくしなければならない、ということを疑ぐるべからざる前提としているのである。

これに対して園田氏は、政見を異にしても夫婦関係は成立するということを見きわめている。この点は、はるかに大人の態度である。

しかし問題は、いつでもサリゲなく家出できる筈の三十女を朝の五時ごろ家出させ、墓地へ運んだり、これを新聞記者に追跡させたり、いろいろとカラクリしていることだ。以上の点を考えれば、氏に於ける愛情の熱度はこれによって量りがたいが、氏が結婚を政治的に利用していることは確実だ。これが前途多難を暗示するその二である。

両々これだけのユトリがあれば、まだ救われている。しかるに一方の天光光氏は、因果モノ的にヒタムキで、園田氏のユトリや策略とツリアイがとれていないのである。

この不ツリアイなところに偶然の妙味が生れて二人の均衡がシックリ行けば結構であるが、天光光氏が単にヒタムキな白紙の魂とちがって、夫婦は政見を同じくしなければいけない、などと色々と父の狂信的なシメールを背負っている。理知的な内省が乏しく、単に背負ったシメールだけが大きく重いから、これを突きつけられると、たいがい男の方もウンザリしてくるだろうと思う。

おまけに、天光光氏を家出させるに、これだけの芝居を打つ以上、園田氏が政治生命をこの結婚に賭けていることは大であろうから、フタをあけてみて、その政治生命がうまいようにいかないと、血路を他にもとめるのは自然であろう。

天光光氏も理知の低い人で、恋愛に当って、公人だからどうのと云う。こまったガンメイさである。公人もヘッタクレもあるものではない。ミーちゃんもハーちゃんも代議士も恋に変りはないのである。それだけの見解すらも持たないこの人の貧しさが悲しい。

恋にヒタムキであっても、どこかヒタムキのピントが外れているのである。ヤブニラミなのである。代議士というユーレイに憑かれて、足が宙にういているのだ。

ヒタムキであり、純情ではあるが、私はこういう理知の足りないピント外れのものは好ましく思わない。

園田氏は太々しく、一向に純情なところがなく、この恋愛を利用することを主にしているが、私は因果モノ的にヒタムキな純情よりも、園田氏の計算的な方を、むしろその理知的の故に、とるものである。

しかしながら、恋愛というものは、むしろ計算の念がない方が勝利を占めるのである。これを政治的に利用することを考えず、恋愛一途に生きぬこうとする方が、結局、政治的にも勝利を占めることになるのである。

イギリスの前皇帝の場合を考えてみたまえ。帝位をなげうって恋に生きる。まことに明朗で、誰もこのお方を軽蔑などしない。むしろ万人の敬愛をうけるであろう。

恋愛とは、こういうものだ。

あとで失敗してもかまわないものだ。帝位を投げうとうが、妻子亭主をなげうとうが、それ自身ヒタムキであれば救われる。少数の道学者はとにかくとして、多くの凡人はこれに対して決して不快を感ぜず、むしろそのヒタムキの故に、敬愛の念を寄せてくれるものである。

園田氏が、もし、もう何級か上の、第一級の政治家であるなら、こんなケチな術策は弄せず、ヒタムキに恋愛に突入したであろう。

すべて第一級の人物とは、事に処してヒタムキであり、高い理知と同時に、常に少年の如く甘い熱血に溢れているものだ。

ナポレオンを見たまえ。世界をあらかた征服しながら、なッとらんラヴレターをかいて千々にみだれているではないか。

だいたい代議士諸公は、策が多すぎるよ。政策が乏しいくせに、生活上の策が多すぎるのだ。ナポレオンをひきあいに出しては気の毒であるが、彼は戦争は巧みで、政治に又、手腕があったが、生活上には無策で、諸氏の足もとには遠く及ばなかった。

生活上の策などは、いくら巧妙でも、政治のプラスには全然ならない。こういう生活上のカラクリを政治的手腕だと思う日本の政界のレベルの低さは、度しがたいものがある。

しかし、ともかく、茶番は終った。

御両人の政治上の生命も、結婚生活の生命も、今後にかかっているだけのことだ。今からでも、おそくはないのである。

恋愛に生きることは、政治に生きることである。同時に、不本意な恋愛ならば、解消するのが、政治的に生きる方法でもある。恋愛自体はカラクリがなく、スッキリしていれば、おのずから救いがあるものだ。

野坂中尉と中西伍長

一人の部隊長があって、作戦を立て、号令をかけていた。ところが、この部隊長は、小隊長、中尉ぐらいのところで、これが日本共産党というものであった。その上にコミンフォルムという大部隊長がいて、中尉の作戦を批判して叱りつけたから、中尉は驚いて、ちょっと弁解しかけてみたが、三日もたつと全面的に降参して、大部隊長にあやまってしまったのである。

これは新日本イソップ物語というようなものの一節には適している。この教訓としては小隊長の上には大隊長がいるし、その又上に何隊長がいるか分らん。軍人生活は味気ないものだ、という感傷的な受けとり方もあるだろうし、ライオンだって鉄砲に射たれるぞ、という素朴な受けとり方もあろう。各人各様、いろいろと教訓のある中で、教訓をうけつけないのが、当事者、つまり日本共産党だけ。これはイソップ物語というものの暗示する悲しい宿命だ。

私はあらゆる思想を弾圧すべからず、と考えていた。現に、そう考えているのである。無政府主義だろうと、共産主義だろうと、自由に流行させるにかぎる。なぜなら、それを選び、批判し、審判するのは、国民の自由だからである。

ところが、現在の日本共産党は、そういうわけにいかない。

徳田中尉、野坂中尉という指導者が上にあって、だいぶ下の下になるが、除名された中西伍長という参議院議員など、さらに末端の兵卒に至るまで順序よく配列されているわけだ。

中西伍長が綿々と述べたてるところによると（週刊朝日一月二十九日号）党中央というものを党員が批判することができない。批判すると、反動だということになる。たまたま中西伍長が独自の見解をのべて、それを党中央のオエラ方に批判してもらおうと思ったら、徳田中尉はカンカン怒って、伍長が二三分喋り得たのに対し、中尉は二三十分喋りまくって吹きとばしてしまったそうだ。又、野坂中尉は白い目をギラリと光らせて一睨みくれただけであったが、それは、若造め、生意気云うな、という意味らしかった由である。

中西伍長の独自の見解は、オエラ方にきいてもらえないばかりでなく、アカハタも前衛も彼の論文をボイコットして載せなくなったので、やむをえず党外の雑誌へ発表すると、反動通信網とケッタクした、というレッテルをはられてしまった。

以上は中西伍長の一方的な打明け話であるから、そのまま信用するわけにはいかない。けれども、党中央というものを党員が批判することができないことは、中西伍長の打明け話をきかなくともハッキリしている。かりに批判ができたにしても、そんな批判が何のタシにもならないことがハッキリしているのである。

なぜなら、本当に党中央を批判し審判しうるのはコミンフォルムだからだ。もしくは、その奥の大元帥だけだからだ。

日本共産党がどんなに巧妙な言辞を弄して、自分はコミンフォルムに隷属しているワケではないなどと国民を説得しようと計画したところで、どうにもならない。

一喝にあうや、負け犬のように尻ッポを垂れて、降参したではないか。下部の批判に白い目をむく者のみのもつ上部に対する弱さ、無力をバクロしているだけだ。自己主張はどこにもない。そして言い方が面白い。自己批判した結果、コミンフォルムの批判が正しいことを知った、とくる。すでに自己批判の上、清算していた、とくる。

結局、日本共産党というものは、コミンフォルムの批判をうけると、ただちに自己批判して、降参せざるを得ないのである。独自の見解を主張すれば、彼らが中西伍長を除名したように、今度は自分がコミンフォルムから除名されるだけのことだ。あげくの果は、武力侵略の好餌となるだけだ。

日本共産党は、民族独立とか、植民地化を防げ、などと唄っているが、コミンフォルムの一喝にシッポを垂れるものに、民族独立があるものではない。彼らの性格はハッキリしている。コミンフォルムの植民地だ。

この植民地には自主がない。国民は選ぶことも、批判することも、審判することもできないのである。党中央に対してコミンフォルムの批判と命令が絶対であるように、国民は党中央にただ服従する以外には手段がない。

共産党はマルクス・レーニン主義が絶対であり、他の主義思想を許さない。現に日本共産党はその議会主義的な傾向を批判され、シッポを垂れているのだ。

国民が自分の思想を自由に選び、政党を批判し、審判することを許さぬような暴力的な主義というものは、自由人と共存しうるものではない。我々の軍部がそうであったように、彼らもファッシズムであり、配給はあるが、自由は許さない。批判も許されない。

共産党ぐらい矛盾したことを平然と述べたてる偽善者はないだろう。彼らは人間の解放だとか個人の自由を説いているのだから笑わせる。日本共産党自体が、コミンフォルムに対して、すでに自己の自由を失っているのではないか。独自の見解を立てれば、マルクス・レーニン主義の原則によって批判され、除名され、アゲクは、武力的に原則に従わしめられるのがオチだ。私が彼らを軍人になぞらえたのは至当だろう。軍人も、命令を批判することは許されない。それがマチガイと知っても、服従の義務あるのみであった。

ソビエトは知性の低い国だ。それはナホトカから帰還してくる人々への、彼らの教育の仕方を見れば一目瞭然だ。

私は、しかし、まるで敵前上陸するような憎悪をもって祖国へ帰還する人々を罵ろうとは思わない。彼らは悲運であっただけだ。

彼らは元々平和な庶民として育った人で、戦争などが好きな筈はなかったろうが、農村や工場や学校から否応なしに戦野へかりだされて、国民儀礼だの、服従、忠誠などを、ビンタの伴奏で仕込まれた人たちだろう。

国民儀礼の代りにインターナショナルの合唱を、天皇の代りにスターリンを、皇祖や中興の祖の代りにマルクス・レーニンをすり替えただけで、このすり替えは簡単だった筈だ。その素地は、日本の軍部がつくってくれたのである。

すくなくとも、軍人指導下の日本よりも、ソビエトの方がマシなのは明らかだろう。働く者には給与がある。それは軍部指導下の日本も同じことで、かえって人手が足りなくて困ったほどだが、戦備に多忙なソビエトに人手が欲しいのは当然だ。

盆踊りに毛の生えたような踊りや、農村でも見ることのできる映画館や、その程度のものにも彼らが日本以上の文化を感じたのは自然であろう。

彼らが反動を吊しあげるのも、根は日本の軍部が仕込んだ業だ。

私は先日、今日出海の「私は比島の浮浪者だった」を読んで、彼のなめた辛酸の大きさに痛ましい思いをさせられたが、彼がようやく比島を脱出して台湾へ辿りつき、新聞記者団に比島敗戦の惨状を告げたら、敗戦思想だと云ってブン殴られたそうである。自分の見、又、自ら経験した真実を語ってもいけないのだ。しかも、殴ったのは、新聞記者だ。私も同じような経験をした。私は日映というところの嘱託をしていたが、そこの人たちは、軍人よりも好戦的で、八紘一宇的だとしか思われなかった。ところが、敗戦と同時に、サッと共産党的に塗り変ったハシリの一つがこの会社だから、笑わせるのである。

今日出海を殴った新聞記者も、案外、今ごろは共産党かも知れないが、それはそれでいいだろうと私は思う。我々庶民が時流に動くのは自然で、いつまでも八紘一宇の方がどうかしている。

八紘一宇というバカげた神話にくらべれば、マルクス・レーニン主義がズッと理にかなっているのは当然で、こういう素朴な転向の素地も軍部がつくっておいたようなものだ。シベリヤで、八紘一宇のバカ話から、マルクス・レーニン主義へすり替った彼らは、むしろ素直だと云っていいだろう。

こういう素朴な人たちにくらべれば、牢舎で今も国民儀礼をやっているという大官連は滑稽千万であるし、将校連がマルクス・レーニン主義に白い目をむけ、スターリンへの感謝を拒んで英雄的に帰還するのも、見上げたフルマイだとは思われない。

彼らは戦争中は特権階級で、国民や兵隊の犠牲に於て、下部の批判を絶した世界で、傲然と服従を要求し、飽食し、自由を享楽していた。こういう特権階級から見て、シベリヤの生活が不自由であり、不服であるのは当然でもある。彼らが敗戦の責任を感ぜずに、毅然たる捕虜の態度を保つことによって、国威を宣揚しているとしたら、呆れた話である。敗戦というこの事実に混乱しない将校がいたら、人間ではなくて、木偶だ。まだ優越を夢みているとしたら、阿呆である。

私は八紘一宇をマルクス・レーニンにすり替えて祖国へ敵前上陸する人々に対しては、腹を立てる気持になれない。

イヤらしいと思うのは、そんな教育の仕方をするソビエトの知性の低さであり、好戦的な暴力主義である。日本の軍部が占領地で八紘一宇を押しつけたと同じ知性の低さである。

どんな思想も、どんな政党も発生にまかせ、国民がそれを自由に批判し、選び、審判さえできれば、国家が不健全になるはずはない。しかし、国民の批判や審判を拒否する政党というものの存在を容したら、もうオシマイだ。

ナホトカ組の敵前上陸や、コミンフォルムの批判と対抗するように、天皇一家が新聞雑誌の主役になりだしてきたのは慶賀すべきことではない。

将来何になりたいか、という質問に「私は天皇になる」と答えたという皇太子は、その教育者の貧困さが思いやられて哀れである。

これはナホトカ組が祖国への敵前上陸を教育されているのと揆を一にする絶対主義の教育で

あり、神がかりの教育でもある。教育された皇太子の罪ではない。この敗戦にこりもせず、まだこんな教育をする連中の度しがたい知性の低さが問題だ。

日本の今日の悲劇は、いわば天皇制のもたらした罪であるが、しかし、天皇制には罪があっても、天皇には罪がない。天皇制は彼が選んだものではなく、ただそのような偶像に教育されただけであった。

しかし、彼はともかく無条件降伏の断を下した。朕(ちん)の身はどのようになろうとも、と彼は叫んでいるではないか。そこに溢れている善意は尊い。天皇ほどではないにしても、偶像的に育てられた旧家の子供はたくさんいる。しかし、たとえ我が身はどうなろうとも、という善意をもって没落のシメククリをつけうる善良な人間がタクサンいるとは思われない。

恐らくヒロヒト天皇という偶像が、天皇の名に於て自分の意志を通したのは、この時が一度であったかも知れないが、これをもっと早い時期に主張するだけの決断と勇気があれば、彼は善良な人間であると同時に、さらに聡明な、と附け加えうる人間であったであろう。

彼は人間を宣言したし、その側近のバカモノが性こりもなく造りだした天皇服という珍な制服も、近ごろは着ることがないようである。しかしながら、津々浦々を大行列でねり歩いているところなどは性こりもない話で、これを迎える群集も狂気の沙汰だ。

こういう国民の狂気の沙汰は、国民も内省すべきであるが、しかし、それ以上に天皇自身が内省しなくてはならない。天皇の名に於て、数百万の人々が戦歿しているではないか。彼が偶像に仕立てられた狂気の沙汰が、それをもたらしたのである。

降伏に当って大いなる善意を示し、人間を宣言した彼は、まずかかる国民の狂気の沙汰を悲しみ、抵抗するところから出発するのが当然だ。

「私は天皇になる」などと、敗戦の悲劇もさとらず、身の毛のよだつようなことを云う皇太子に、拙かりし過去のわが身、天皇の虚名を考えて、誰よりも多く身の毛をよだててくれるのが、父親たる天皇自身でなければならないだろう。

巷間(こうかん)伝うるところによれば、天皇は聡明であり、軍部に対しても、釘をさしたというが、最後の断を除いては、釘をさした効果らしいものは全然見当らないではないか。去年だかの旅行先で、どこかの社長が社の理想を長々と述べたに対して、どうぞ、その通りにやって下さい、と答えたそうだが、その程度の有りふれたアイロニイは劣等生でも言えることだ。

現に側近のバカモノが戦前に劣らぬ偶像崇拝的お祭り騒ぎにとりかかり、彼がそれに殆(ほとん)ど抵抗を示していないところを見れば、彼の聡明さや軍部への抵抗は、側近のつくりごとで、彼は善良な人間ではあるが、聡明の人ではないと判断してもよかろうと思う。

再び、集団的な国民発狂が近づいているのである。一方にナホトカから祖国へ敵前上陸する集団発狂者があり、コミンフォルムの批判にシッポを垂れて色を失う集団発狂者がある。この集団発狂は、彼の力では、どうにもならない。

しかし一方に、彼を再び偶像に仕立てて、国民儀礼や八紘一宇の再生産にのりだしそうな集団発狂が津々浦々に発生しかけているのである。この集団発狂は、彼個人の意志によって、未然に防ぎうる性質のものだ。すべて病気の治療というものは、初期のうちに行わなければ手おくれとなる。日本の都会があらかた焼野原になり、原子バクダンが落されてからでは、その善意は尊重すべきであるにしても、手おくれの難はまぬがれない。今のうちなら右翼ファッショの再興を、彼個人の意志によって防ぎうるのだ。彼がよりつつましく人間になりきることによって。それを為しとげる気配もないから、彼は明かに聡明ではない。むしろ側近の計るがままに、かかる危険を助成している有様であるから、なさけない。忠勇な国民を多く殺して、自分のからだが張りさける思いである、という、あの文章は人が作ってくれたものであるにしても、あれを読み、あれを叫んだ時の彼の涙は、彼の本心であり、善意そのものであったはずだ。彼はすでに、それを忘れたのであろうか。

私は祖国を愛していた。だから、祖国の敗戦を見るのは切なかったが、しかし、祖国が敗れずに軍部の勢威がつづき、国民儀礼や八紘一宇に縛られては、これ又、やりきれるものではない。私はこの戦争の最後の戦場で、たぶん死ぬだろうと覚悟をきめていたから、諦めのよい弥次馬であり、徹底的な戦争見物人にすぎなかったが、正直なところ、日本が負けて軍人と、国民儀礼と、八紘一宇が消えてなくなる方が、拙者の死んだあとの日本は、かえって良くなると信じていました。もっと正直に云えば、日本の軍人に勝たれては助からないと思っていました。国民儀礼と八紘一宇が世界を征服するなんて、そんな茶番が実現されては、人間そのものが助からない。私の中の人間が、八紘一宇や国民儀礼の蒙昧（もうまい）、狂信、無礼に対して、憤るのは自然であったろう。

　私の希望がフシギに実現して、軍人と八紘一宇と国民儀礼が日本から消え失せてしまったが、人間が復活、イヤ、誕生してくれるかと思うと、どっこい、そうは問屋が卸さない。国民儀礼の代りに赤旗をふってインターナショナルを合唱し、八紘一宇の代りにマルクス・レーニン主義を唱えて、論理の代りに、自己批判という言葉や、然（しか）り、賛成、反動、という叫び方だけを覚えてきた学者犬が敵前上陸してきた。

　天皇は人間を宣言したが、一向に人間になりそうもなく、神格天皇を狂信する群集の熱度も増すばかりである。

　どっちへ転んでも再び人間が締め出しを食うよりほかに仕方がないという断崖へ追いつめられそうになってきた。

　米ソの対立とか米ソ戦ということについては、私にはとても見当がつかない。なぜなら、原子バクダンという前代未聞の怪物が介在して、在来の通念をさえぎっているからである。

けれども、二大国の対立が不発のままで続くことによって、その周辺の小国は、続々内乱化の危険があるようだ。

コミンフォルムの日本共産党批判はその方向への一歩前進を暗示しているし、それに対して右翼も益々組織され尖鋭化する形勢にあるようだ。

日本から占領軍が撤退すると、内乱的な対立はたちどころに激化しそうだ。

私は内乱など好ましいとは思わないが、その犠牲で、未来の希望がもてるなら、まだしも救いはあろう。しかし、左右両翼、どっちの天下になったところで、ファシズムの急坂をころがり落ちて行くだけのことだ。

狭小な耕地面積と乏しい天然資源、おまけに人口は八千万を越して、避妊薬の流行にもかかわらず、一億を越すに長い年月を要せずという盛大な繁殖率を示している。

四百年前に渡来したザビエルが、すでに日本人の勤勉さと、国土の貧しさ、食生活の貧しさに驚いているのだ。戦国時代のせいだけではない。徳川時代の農民一揆の場合などでも、武士がゼイタクしていたという例は珍しく、江戸大坂に若干の繁栄があったほかは、国土の貧しさと人口の多さによって、支配階級の武士すらも、もっぱら質実剛健を旨とせざるを得なかったのである。

台湾、朝鮮、カラフトと明治以後の日本は領地をかせぎ、大軍備を誇って世界三大強国などと言っていたが、その生活水準の低さというものは論外で、フィリッピン以上のものではなかった。

これは驚くべき事実であるが、日本の歴代の内閣が、国民の生活水準を高める、ということを政策にかかげたことがない。ヒットラーでも、労働者に鉄筋コンクリートの住宅を、自動車を、と約束したが、日本の為政家は耐乏、勤倹、質実剛健、を説教することをもって国民への任務と考えていたようである。

食うものも食わずに戦備をととのえて、目的がどこにあるのか見当もつかないけれども、こういう指導理念の混乱は、日本共産党にもある。正しいプロレタリヤであるには、貧乏な生活をしなければならぬ。一昔前のプロレタリヤ理念は明確にそうであり、貧乏を誇りにさえしていた。生活水準を高めるよりも、低めるために努力しているようでさえあった。そして高度の娯楽はブルジョア的であるとし、工場や農村の窮乏や、娯楽も文化もない方向へ、人々をひきむけることを目的としていたようであった。

これは今日では払拭されたようであるが、洗煉(せんれん)されたものよりも粗野の方へ、デリケートなものよりも無神経の方へ生活形態の方向を推し進めようとしていることは争えない。

それは軍部が言論同様、芸術にも統制を加えて、彼らに理解しうる限度をもって文化の水準とし、彼らに理解し得ない高さのものを欧米的だとしたことと全く同一である。

野坂中尉は一月二十五日の質問演説に於て、自衛権の裏に軍事協定があること、外国資本による日本経済の買弁化を暴露して出たが、コミンフォルムの野坂批判によって示されたその歴史の大きさを見れば、共産党が日本の政権を握った場合に生じるものが、吉田内閣に於ける軍事協定や買弁化の比ではないことが分る。

なぜなら、日本共産党はコミンフォルムの完全なカイライ、手先にすぎないからで、その圧力を拒否する場合に起るものは、武力侵略であり、いずれにせよ、コミンフォルムの意のままに、自己批判せざるを得ない宿命にあるからである。

日本の軍部のように、八紘一宇と国民儀礼のような神話時代の文化しか持ち合せがなく、自分の貧乏やマイナスを占領地帯へ分ち与えるようなヤリ方では、占領された人たちが大迷惑であるが、ソビエトの場合が、又、そうである。

ともかく欧米諸国に於ては、植民地を独立させる方向へ傾きつつある。彼らにとっては侵略戦争史というものが長い歴史を終って、別の方向へ向こうとしている。それは文化と野性の長い争いの結果到達した結論でもあるのである。

ところが、ソビエトの場合はアベコベだ。日本と同じように、領土をひろげる必要があるのである。日本と同じように彼も亦(また)貧乏であり、自分の国だけでは食物も不足、開発の設備も不足、工場も不足だからだ。

同じ占領されるにしても、こういう国に占領されるのは慶賀すべきことではない。困ったことにはジンギスカンや金のように、文化の低い国が戦争では強いようなことが大いに有りうるからガッカリする。ロシヤも原子バクダンは造ったが、文化や知性や生活の水準は日本と変りのない国だ。ヨーロッパの田舎であり、農奴から労働者へ一ケタ上ったばかりの国である。

日本人の生活水準の向上ということは、いかなる独裁政党が勝利を占め、議会政治を否定し、特権階級を亡し、民族独立して強力な独裁政治をほどこしても、どうにもならないものだ。問題は一億ちかい人口が狭小な耕作面積と乏しい天然資源しか持ち合せないという特殊な国情にあって、誰がやっても外国貿易に活路を見出す以外には仕方がない。

吉田首相をアッサリ保守反動ときめつけるけれども、彼の直截(ちょくせつ)簡明な判断には見るべきところがあり、正月ごろ発表した談話に、官吏を減らせば国民の負担が軽減する。まず官吏を減らすのが第一だ、というのは、共産党が天下をとったにしても、日本の国情としては、そうせざるを得ないのが当り前だ。軍人だの官公吏というもの、又事務系統を減らして、生産面の各部門を拡充し、それも主として貿易の生産面にふりむける以外に生活水準を高める実質的な方法はあり得ないはずだ。

それとも共産党の場合には、彼らが天下をとったアカツキ、共産諸国の協力や援助をうけうるものだと予定しているとしたら、甘いというか、悲劇的な頭の悪さであろう。人のフンドシで相撲をとるのは日本古来の特技でもあった。戦国時代の興亡は主として人のフンドシを当にして行われ、昭和の軍部はドイツのフンドシを当にして失敗してしまった。

今日、右翼再興の気運も、概ね人のフンドシを当にしての算用から割りだされた狡猾で頭の悪い田吾作論理の発展のようであるが、こういう手合いの軽率で虫のよすぎる胸算用は蒙昧きわまり、悲劇そのものでもあろう。

要するに、左右いずれの天下となっても、我々に押しつけられるものは彼らの無智蒙昧な誤算だけで、しかもそれを糊塗（こと）するに、言論や批判の自由を断圧して、身勝手な割当てを強要するだけのことであろう。

私は敗戦後の日本に、二つの優秀なことがあったと思う。一つは農地の解放で、一つは戦争抛棄（ほうき）という新憲法の一項目だ。

農地解放という無血大革命にも拘（かかわ）らず、日本の農民は全然その受けとり方を過ってしまった。組織的、計画的な受けとり方を忘れて、単に利己的に、銘々勝手な処分にでて、あれほどの大革命を無意味なものにしてしまったのである。ここには明かに共産党や無産政党の頭の悪さがバクロされており、人の与えた稀有なものを有効に摂取するだけの能力が欠けていたのだ。

戦争抛棄という世界最初の新憲法をつくりながら、ちかごろは自衛権をとなえ、これもあやしいものになってきた。

吉田首相は官吏の減少を国民負担の第一条件と断定しながら、軍備を予定しているとしたらツジツマの合わぬこと夥しいではないか。軍人一人と官吏一人では、国民の負担の大きさが違う。

軍人一人には装備という大変な重荷がついている。原子バクダン時代に鉄砲一つの兵隊なら、ない方がよろしい。戦車でも、おかしい。要するに、ない方がよろしい。

無抵抗主義というものは、決して貧乏人のやむを得ぬ方法のみとは限らないものだ。戦争中に反戦論を唱えなかったのは自分の慙愧するところだなどと自己反省する文化人が相当いるが、あんなときに反戦論を唱えたって、どうにもなりやしない。自主的に無抵抗を選ぶ方が、却って高度の知性と余裕を示しているものだ。

ガンジーの無抵抗主義も私は好きだし、中国の自然的な無抵抗主義も面白い。中国人は黄河の洪水と同じように侵略者をうけいれて、無関心に自分の生活をいとなんでいるだけのことだ。彼らは蒙古人や満洲人の暴力にアッサリ負けて、その統治下に属しても、結局統治者の方が被統治者の文化に同化させられているのである。

こういう無関心と無抵抗を国民の知性と文化によって掴みだすことは、決して弱者のヤリクリ算段というものではない。侵略したがる連中よりも、はるかに高級な賞揚さるべき事業である。こういう例は日本にもあった。徳川時代の江戸大阪の町人がそうだ。彼らは支配者には無抵抗に、自分の生活をたのしみ、支配者よりも数等上の文化生活を送っていた。そして、支配者の方が町人文化に同化させられていたのである。

戦争などというものは、勝っても、負けても、つまらない。徒らに人命と物量の消耗にすぎないだけだ。腕力的に負けることなどは、恥でも何でもない。それでお気に召すなら、何度でも負けてあげるだけさ。無関心、無抵抗は、仕方なしの最後的方法だと思うのがマチガイのもとで、これを自主的に、知的に掴みだすという高級な事業は、どこの国もまだやったことがない。

蒙古の大侵略の如きものが新しくやってきたにしても、何も神風などを当にする必要はないのである。知らん顔をして来たるにまかせておくに限る。婦女子が犯されてアイノコが何十万人生れても、無関心。育つ子供はみんな育ててやる。日本に生れたからには、みんな歴とした日本人さ。無抵抗主義の知的に確立される限り、ジャガタラ文の悲劇などは有る筈もないし、負けるが勝の論理もなく、小ちゃなアイロニイも、ひねくれた優越感も必要がない。要するに、無関心、無抵抗、暴力に対する唯一の知的な方法はこれ以外にはない。

小ッポケな自衛権など、全然無用の長物だ。与えられた戦争抛棄を意識的に活用するのが、他のいかなる方法よりも利口だ。

しかし、好んで侵略される必要はない。左右両翼の対立などは、どっちが政権をとってもバカげたことになるだけのことで、我々の努力によって避けうるものは避けた方がよいにきまっている。

しかし我々に防ぎようもない暴力的な侵略がはじまったら、これはもう無抵抗、無関心、お気に召すまま、知らぬ顔の半兵衛にかぎる。

戦争などということが、つまらぬものであることはすでに利巧な人たちはみんな知っている筈であるし、やがてあらゆる指導者がそれを納得するのも遠いことではないだろう。かりに、世界中を征服してみたまえ。征服しただけ損したことが分ってくる。結局全部の面倒を見るか、手をひく以外に仕方がなかろう。その時になって光を放つのが、無抵抗、無関心ということだ。

しかし、意識的な無抵抗主義に欠くべからざる一つのことは、国民全部が生活水準を高めるという唯一の目的を見失ってはいけないということだ。

衣食住の水準のみでなく、文化水準を高めること、その唯一の目的のためにのみ我々の総力を集結するという課題さえ忘れなければ、どこの国が侵略してきて、婦人が強姦されて、男がいじめられ、こき使われても、我関せず、無抵抗。戦争にくらべてどれぐらい健全な方法だか知れない。

我々の文化に、生活の方法に、独自な、そして高雅なものがあれば、いずれは先方が同化して、一つのものになるだろう。我々はそれを待つ必要もないし、期待する必要もない。

我々は無関心、無抵抗に、与えられた現実の中で、自分自身の生活を常に最もたのしむことだけ心がけていればいいのである。

結局、人生というものは、それだけではないか。社会人としては、相互に生活水準を高める目的のために義務を果し、又、自分自身の生活をたのしむことだ。

セッカチな理想主義が、何より害毒を流すのである。国家百年の大計などというものを仮定して、ムリなことをやるのがマチガイのもとだ。人のやる分まで、セッカチにやろうというのが、もっての外で、自分のことを一年ずつやればタクサンだ。

銘々がその職域で、少しでも人の役に立つことをしてあげたいと心がけていれば、マルクス・レーニン主義の実践などより、どれくらい立派だか知れやしない。人の能は仕方がないから、心がけても、人になんにもしてあげられなくても、かまわんのさ。

そしてその次に、自分だけのたのしい生活を、人の邪魔にならないように、最も効果的にたのしむことを生れてきたための日課だと心得ることだ。

負けて、手足をもぎとられて、仕方がないから、無抵抗主義を唱えるワケではありません。

今日われ競輪す

先月某新聞に競輪のことを書いたが、そのときはまだ競輪を見たことがなかった。二十万円ちかい大穴だの、八百長紛擾（ふんじょう）、焼打、そうかと思うと女子競輪などと殺気の中に色気まであり、百聞は一見に如（し）かずと食指をうごかしていたが、伊豆の辺地に住んで汽車旅行がキライときているから、生来の弥次馬根性にもかかわらず、出足がおくれたのである。

二十日あまり坐りつづけて、予定の仕事が全部かたづいた。こんなことは、ここ三年間に始めてのことで、たいがい翌月廻し、無期延期などと後味のわるい月日を送ってきたが、珍しく二十日のうちに五ツほどの仕事がキチンと片づいて、あと三日間ぐらいは天下晴れて遊べることとなった。よってジャンパーにりりしく身をかためて出陣に及んだのが東海道某市に於（お）ける競輪であった。私は背広も外套も持たず、冬の外出着といえばこのジャンパーが一着であるが、あたかも競輪へ微行のために、百着の服の中から一着選んで身につけたように、競輪ボスか大穴の専門家かと見まごう豪華なイデタチであったそうだ。（と人が思ったのではなく、拙者が思った）

競輪場で新聞社の人に会う。市の役人に会う。青楼（せいろう）の内儀にもでくわす。拙者往年この町に住んでいたことがあるので、思わぬ知人がいるのである。競輪の事務所へ案内しましょうか、特別の見物席もあります、などとすすめられたが、ことわる。特別の観覧席へ招ぜられて、お役人の手前味噌の競輪談議をきかされても、何のタシにもならない。我こそは競輪の秘密を見破り、十八万円の大穴をせしめてやろうと天地神明に誓をたてていたのだから。

第一日目はウォーミング・アップ。種々の方法を試みて軽く所持金を消費し、翌朝の一番列車に使いの者を伊東へやって、家の有金を全部とりよせる。第二日目は、第一日目に看破した秘伝を用いて、三千円とちょッとだけの損失でくいとめる。つまり、両替屋へ三度しか行かなかったということで、十二レースのうち九レースは配当を受けとり、その配当で次の券を買ったという意味だ。ちなみに、第一日目は一度も配当がなく、毎レース毎に両替屋へ行かねばならず、ジャンパーの手前、両替の娘の子にも恥しい思いをしたし、配当をうけとる人々を眺めながら、なんたる奇蹟の人種かと舌をまいていたのだ。私はだいたい一レースに千五百円平均ぐらいずつ券を買った。そして、試みたのである。その試みの詳細は追々物語ります。

第二日目には三千円ほどの損でくいとめたから、三日目はいよいよ三十万円の大モウケだと、宿屋の寝床の中でアレコレ秘策をねり、こころよく熟睡したが、翌日はなんぞはからん、第十レースにして所持金全額を使い果し、一敗地にまみれて明るいうちに伊東の地へ立ち帰る仕儀と相成ったのである。わが家に於(おい)ては小生が有金全部失うこと必定とみて、すでに東京に赴(おもむ)いて金策を果し、敗軍の将をねぎらうに万全の用意をととのえていたが、このへんは近来の美談と云うべきであろう。

その三日の間に、私は競輪の選手と予想屋を招待して、その話もきいた。役人を間に立てて選手と話しても何にもならないから、やわらかい方面から渡りをつけて、三名の選手を夕食に招じ、腹蔵(ふくぞう)ない話をきいたのである。

甲はA級選手で二十三歳。たいがいのレースに本命又は対抗におされている選手だが、この競輪では負けつづけている。乙はB級の無名選手だが、このレースでは一着を出している。十九歳。丙もB級の新人で十七歳。彼らは酒もタバコものまなかった。年の若いせいもあるが、その害も知っているのだ。

競輪期間、選手は一日当り千百円の宿泊料をうけとる。これは主催地の負担である。しかし指定の宿屋、合宿所というようなものはなく、縁故者や後援者のところへ宿をとり、支給される宿泊料は不足するということはない。一レース九名ずつ選手がでて、六着までナニガシかの賞金があり、弱い者にはトップ賞といって、一周ごとに先登をきった者に千円与える仕組みもあるから、弱者の戦法によってレースごとにいくらかの稼ぎがあるのが普通で、会社の日給と合せると、最もパッとしない選手でも、他の業務にくらべて収入は多く、収入の不満はない。

負傷した場合には、負傷の治るまでの宿泊料と医療費を負傷した主催地が負担する。これに対しても、選手は満足しているようである。選手の生活は保証されており、酒色にふけらない限り、お金には困らない。

選手は概ね単純な若者である。概して教育の程度は低いが、個人競技で、勝敗がハッキリし、油断すると負けるから、必然的に摂生を考えざるを得ず、その競争意識によって、おのずと品性も高まりつつあると見てよい。一部に伝えられる選手の腐敗ぶりは、極めて特殊な現象で、一般に名誉心にもえた単純な若者たちが多いようである。彼らは朝晩ごとに猛練習する。予想屋はそれを見て予想を立てるのである。

あの選手はゆうべ夜遊びをしたとか、風邪ぎみだとか、情報がはいる。こういうコマカナ情報が分りすぎると、予想は当らなくなる一方だそうである。

選手がトラックに現れて一周し、車券の発売が〆めきられるまで、ガラス張りの小部屋の中に、番号順に腰かけて、毛布で足をくるんで休息しているが、レース開始直前になると、必ず便所へ立つのが二三人いる。試合になれない初心のころは、試合開始に先立ってしきりに尿意を催すものだから、この連中は勝てないぞ、と私は思う。いよいよスタートラインにつく。一同パッと毛布を払いのけて立ち上るが、中に一人、テイネイに毛布をたたんでいる礼儀正しいのがいる。これは見どころがあるナ、と私は考える。プログラムをとりだして、選手番号でしらべてみると、私は小便組を買っているが、毛布の選手を買っていないのである。シマッタと思う。

ところが、レースがはじまってみると、案外なもので、小便が勝って、毛布はビリである。しかし最後に一挙抜くのだろうと見ていたが、いつまでたってもビリであった。この時ほど、競輪の悲哀を身にしみたことはなかった。

三日間の戦跡を回顧すると、私が二日目に三千円の損失でくいとめたのは奇蹟であったということが分るのである。

私は第一日目には、競輪といえばインチキ、八百長と見くびって、もっぱら大穴を狙い、本命や対抗を頭にした券を一度も買わなかった。そして、全部失敗したのである。

結局十二レースのうち、十一レースまでは、本命か対抗がたいがい頭にはいって、これは先ず外れることが少い。

当らないのは二着なのである。

そこで二日目は本命、対抗、もしくは穴と思われる有望なのを頭において、二着を一から六まで全部買ってみることにした。つまり、本命が二番、対抗が五番、穴が六番、

2—1
2—3
2—4
2—5
2—6

5—1
5—2
5—3
5—4
5—5
5—6

6—1
6—2
6—3
6—4
6—5
6—6

と全部買う。頭に来そうなのがタクサンあると、それだけモトデがかかり、本命の楽勝がハッキリしていると、五枚、六枚ですむのである。

二日目は十二レースのうち十一レースまでが荒れつづきで、本命と対抗が一二着にはいったというのが一度しかなかった。頭はたいがいきまっていたが、常にとんでもないのが二着にはいって、九レースまでが千円から三千円前後の中穴、一レースだけ本命通り、残りの二レースが一二着とも大番狂わせの一万何千円二万何千円という大穴であった。私は本命や対抗を頭に買っていたから、大穴は当らなかったが、中穴が全部当ったのである。

この日のレースが九レースまで中穴だったから、私が三千円の損失でくいとめたのである。つまり私は通算して一回に千五百円ぐらいずつ車券を買っているから、すくなくとも中穴が出ないと回収がつかないのだ。うまいことに、この日は中穴の続出で、こんなことは例外なのである。

この方法で買えば大穴以外は必ず一枚当るが、本命通りの結果に終ると、配当は百五十円ぐらいしかなく、常に大損するわけだ。

そこで大穴を狙う最も確実な方法は、九人だての競輪場に於ては、常に三千三百円買うことである。なぜなら、フォーカスの車券は三十三種しかないのだから。しかし穴を狙う以上は、全部買う必要はない。三千円もつかって百五十円や五百円程度の配当をもらっても何にもならないから、本命や対抗を一二着にしたものは買わず、売れていないのだけ二十五種か三十種買う。穴は必ずこの中から出る。大穴がでれば必ずもうかる。しかし、二千五百円ずつ十二レース買うと、一日に一度、三万円の大穴がでてくれないと、やっぱり損をするのである。

大穴狙いはタクサンいる。車券の窓口で、何枚うれた？　と売り子にきいて、二十枚以下しか売れない券ばかり買い漁(あさ)っているのが何人となくいるのである。

競輪はたいがい大穴がでる。私の見た競輪は第一日目は三万何千円かの穴がでたし、二日目は一万と二万と合せて同じく三万円、三日目も二万円と一万円、合せて三万円。

だから、三万円の軍資金を使って大穴狙いを専門にすると、この三日間の競輪に於ては元はとれたが、モウケもなかったワケだ。

そして、三万以上の大穴は、私の見た競輪場では、有り得ないことが分った。なぜなら、フォーカスの総売上げが六千枚前後で、四十五万円ぐらいを配当に払い戻すことになるワケだが、どの券も最低十三四枚は売れており、十枚以下ということがなかった。したがって、売れ行の最少の券に配当がついても、三万何千円が最高の配当で、どんな番狂わせでも、それ以上の配当は望みがなかったワケである。

三万円の軍資金を使えば、大穴のでる限りは、必ず大穴が当る。その代り、その日、大穴がでなければ、損をすることになるのである。

私は三日目にこの原理を利用して、たちまち一万五千円ばかり空費したが、五レースを終っても、穴がでない。そろそろ軍資金が乏しくなったので、中穴狙いに転向したら、トタンに二万何千円かの大穴がでて、バカをみた。それ以後は益々クサッて、スッテンテンになった次第であったが、その大穴が当っても、要するに元々で、モウケはなかったのである。

大穴狙いのモウカル方法としては、はじめの第三レースぐらいまでに大穴がでて、そこで中止して帰ってくれればモウカル。確実なるはそれだけだが、ともかく、競輪をやって損をしない方法としては、本命だけ買うか、全部買うか、どちらかで、しかし、どちらにも絶対という確実性はない。

よく人々は云う。本命を複で買っている限り絶対に確実だ、と。だが、これとても、決して、そうは参らない。本命の複は、配当が元の百円か、よくて百十円ぐらいのものだ。したがって、十レースに一回外れても、九回のモウケをフイにするわけで、この原則は、券を何十枚買ったところで、変りがないのである。そして本命が負ける率は十レースのうちに一回以上多いのが通例である。

そこで、合計して一日に三万円以上の穴がでる限りは、穴狙いの方がむしろ確実ということになる。十八万円、十五万円と大穴がでてくれれば、三日目に一度でても大モウケということになるワケだが、競輪は大穴がでる、穴狙いにかぎる、という見方が定まって、穴狙いの専門家が続出すると、どの券にも相当数の買い手がついて、どんな大番狂せがでても、三千円五千円ぐらいしか配当がつかないようになるのである。

私の見た東海道某市の競輪は、穴のでる競輪場だと予想屋がしきりに絶叫していたが、たぶん、そうだろうと私も思った。

なぜなら、ここは観衆が少く、東京方面から来る人も少い。したがって、売り上げも少く、配当も悪いとみて、競輪専門の商売人もあんまり乗りこんでこないらしいのである。したがって穴狙いの専門家も少いから、観衆の大多数が本命を狙い、売り上げは少くとも、穴が当ると、二万、三万の配当がつく。

東京周辺の観衆の多い競輪場では、穴狙いの人種も多いから、売り上げに比較して、どんなボロ券にも相当以上の買い手がついており、結局、どんな大番狂わせがでても、配当は三千円ぐらいということになる。都会地に穴レースが少いのではなく、常に大穴レースは行われているのだが、穴狙いが多いので、配当が少くなって、表面上大穴にならないというだけのことだ。又、レースとしては大番狂わせであるにも拘らず、配当が意外に少いのは、八百長と見てさしつかえない。

私の出かけた競輪場でも、大穴は午前中にでる、と云われ、事実、その通りであったが、これも売り上げの数字表を見ると化けの皮があらわれ、大番狂わせのレースは午後も行われているのだが、一度大穴がでると、みんな穴を狙いだし、又、午後になると自然焦って、多くの人が穴を狙いだすので、どんなボロ券にも相当数の買い手がついて、大番狂わせの配当率がグッと下っているだけのことだ。

だから、穴狙いをやるのだったら、レースを見るよりも、車券の売り上げの数字表を見ることだ。総売り上げと、一番買い手の少い券の数を見て、配当を計算すれば、その日、大穴がでるか、出ないか、すぐ分る。大穴はレースの番狂わせによるのでなくて、車券の売り上げ数によるということを心得ていればよいのである。

そこで売り上げの数字を見れば、その競輪に何人ぐらいの穴狙いがモグリこんでいるか分るし、どんな番狂わせがでても、三千円、五千円ぐらいにしかならない、ということや、あるいは二万、三万になりうる、ということが分ってくる。その計算の結果にしたがい、二万、三万の穴のでる見込みがあったら、穴専門に狙う方が確実にもうかる。なぜなら、番狂わせは、必ずといっていいほどあるのだから、である。

けれども、穴狙いには、三万円のモトデが必要だから、三千や五千の穴しか出ない競輪場では、一穴や二穴では回収がつかず、この方法も結局ダメということになるのである。

競輪には八百長が多いと云われている。私の三日間の観察でも、たしかに、そうだ、と思われる節が多かった。

しかし、すくなくとも、私の見た競輪場の観衆は、あまりに、あまい。彼らが八百長だと思ったときは、案外八百長ではなく、八百長は観衆の盲点をついて巧妙に行われているようである。競輪の観衆は、目先の賭に盲(めし)いて、盲点が多いから、そこをついて、いくらでもダマせるのである。

一般に競輪場は、地方ボスに場内整理をゆだねているので、そういうボスのかかりあっている数だけ、八百長レースが黙認された形になっているらしい。

私の住む伊東市でも、目下、競輪場をつくるか否か、大問題になっている。つくりたいのは市長であるが、市民の多くが反対のようである。

伊東市の新聞の伝えるところによると、さるボスにわたりをつけて場内整理をたのんだところ、このボスはほかの競輪場の場内整理を二十万円で請負っているが、伊東は観衆が少いから、二十五万でも合わないと渋ってみせたという。

観衆が少いから、ひきあわないとは妙な話で、少いほど場内整理はカンタンの筈であり、入場料の歩合いをもらうワケではなく、整理料はちゃんと二十万、二十五万と定まって貰う筈なのである。

だから、観衆が少いから、というのは、ボスに対して一日に一レースは黙認されている八百長レースの配当が低い、ということを意味し、八百長の存在を裏書している言明だとしか思われない。

このボスは東海道名題(なだい)のボスで、土地のボスではなく、このボスに渡りをつけるには、土地のボスの手を通す必要もあり、土地のボスもいくつかあるというわけで、それらにしかるべく顔を立てるとなると、一日に四ツも五ツも八百長レースが黙許されざるを得なくなるのである。

しかし、一般に大穴というものは、八百長ではない。八百長は、ボスが多数の券を買っているから、表面に現れた配当は決して大穴にならないのである。

しかし、私が先ほども述べた通り、八百長レースが多いほど穴狙いの確率は多くなるのであって、素人でも、軍資金を豊富に持って、穴を狙えば、もうかる確率が多くなる。

気の毒なのは、零細の金で、まともにモウケようとする大多数の正直な人々で、この人たちが損をする確率は増す一方、ということになる。

先日、川崎で起った大紛擾、売り上げ強奪事件は、内山という名選手、当然優勝すべき本命選手が、車の接触か何かで反則し、除外されることによって起ったものだ。

これが八百長か、どうかは、私に判定のつくことではないが、すくなくとも、本命自身が反則を犯して除外される、というような場合には、観衆はこれを八百長と判断し易いのは当然なことで、なぜなら、大多数の正直な観衆は本命をタヨリに車券を買っており、そこに盲点のあろう筈はないから、ハッキリしている本命が反則したり負けたりすると、偶然の事故にしても、八百長と判じがちなのは自然の情であり、イキリ立つのもムリがないのである。

しかし、本当の八百長は、観衆の盲点をついて、巧妙に行われているものだ。私の見たレースから二三の例をひいてお話ししてみよう。

次のようなレースがあるとする。人名は分り易く二人の有名選手の名をかりたが、この二人は八百長をやる人ではない。二千米(メートル)。

フォーカス番号	番号	姓名	人気
1	1	白 太郎	入着ノ見込ミアリ
2	2	田川博一	対抗。アルイハ一着
3	3	赤 二郎	マズ見込ナシ
4	4	黄 三郎	油断ナラヌ。穴
	5	青 四郎	コレモ曲者
5	6	小林米紀	本命。マズ負ケマイ
	7	黒 五郎	マズ見込ミナシ
6	8	緑 六郎	新人ナガラ曲者
	9	橙 七郎	古強者。戦歴アリ

競輪の小林といえば、横田と並んで、二大横綱。レースを棄てない名選手でもある。これを本命とみるのは当然。次に、田川、これ又、名題の名選手で、対抗は充分である。
一番の白太郎、四番の黄三郎なども曲者だが、小林、田川は対抗するとは思われないから
フォーカスの本命は

5—2

か、又は、その裏の

2—5

であり、車券の大多数はそこに集る。そのほかに、穴として、

5—4　5—1　2—4　2—1

なども相当の人気がある。6に目をつけている人もかなりいるが、3の赤二郎は大穴狙いの

商売人が買っているだけだ。3と同じように全然人の注意をひかないのは個人番号七の黒五郎だが、これはフォーカスとしては小林と組になっているから、一層問題にならない。

ところが一大混戦となり、小林は包まれて出られず、田川がトップをきっていたが、ゴール前の混戦に、アッというまに横からとびだした黒五郎が優勝してしまった。

「アッ。七番だ！」

しかし、次の瞬間に、

「ワッ。五—二。当った。当った」

と、どよめきが起る。本命の小林は負けたけれども、フォーカスで小林と組になっていた黒五郎が優勝したから、本命の五—二は動かなかったわけ。観衆の大多数は五—二を買っているから、当った、当った、と大よろこびで、本命の小林が負け、名もない黒五郎が勝ったことが、全然問題にならない。

競輪の観衆の大部分がフォーカスを専門に買い、単複はフォーカスの十分の一ぐらいしか売れないのが普通だから、フォーカスの本命がでれば、大多数は満足で、文句のでる余地はない。

人々は全然フォーカスに気をとられて忘れているが、黒五郎の優勝は、単複に於ては、大穴となっているのである。大多数の人々はフォーカスで安い配当を貰って満足しており、巧妙に盲点をつかれていることに気付かないのである。

恐らく、小林がフォーカス番号の三番におり、誰とも組になっていない場合に、田川も小林も敗れて、名もない黒五郎が勝ったなら、大モンチャクとなったであろう。包む、という戦法が、すでに、おかしい。包むには、すくなくとも三人ぐらい共謀して外側をさえぎる必要があるのである。ところが競輪は個人競技だ。包むには共同謀議が必要であって、すでに八百長を暗示している事実なのだが、包む、という策戦が、八百長としてでなく、競走の当然な策戦の一つとして観衆に認められているところにも、観衆のアマサがあり、盲点があるのである。

もう一つ、逃げきる、という戦法がある。これは千米レースに行われることで、名もない選手がグングンでる。トップ賞といって、各周ごとに先登をきった者が千円もらえるので、弱い選手が始めグングンとばして千円狙うのは、いつものことだ。ハハア、先生、トップ賞を稼いでいるな、とみな気にとめていないが、二周目に速力が落ちるどころか益々差をつけ、最後の三周目に、強い連中が全馬力で追走しても、追いつけないだけ離している。そしてトップのまま逃げこんで、優勝してしもう。これを逃げきる、と称して、観衆は弱い選手の巧妙な戦法の一つだと思いこんでいるのである。

私は、昔、陸上競技の選手であったが、しかし、陸上競技の選手でなくても、分ることだろう。本当に実力がなければ、逃げきる、ことなどが出来る筈はないのである。名もない選手が、それまで実力を隠していて、突然実力いっぱい発揮して、逃げきって、勝つ。これなら、分る。しかし、それまで弱い選手、そして、その後も弱い選手が、一度だけ逃げきって勝つなどということは有りうべきことではないのである。

いつか神宮競技場で行われた日独競技の八百米で、それまでビリだったドイツ選手（たしかベルツァーだったと思うが）最後の二百米で、グイグイと忽ち二着を五十米もひきはなして勝ってしまったが、実力の差はそういうもので、強い選手は必ず追いぬくし、追いぬかれない選手は、それだけの実力があるにきまったものだ。弱い選手がトップをきって、逃げきることは、絶対に不可能だ。一分十五秒で千米を走る強い選手は自分のペースで走っており、最終回までに全力がつくされて一分十五秒になるように配分されており、一方、弱い選手が、一分二十五秒でしか千米を走ることができないのに、逃げきることによって、一分二十秒に走りうる、という奇蹟は、有り得ないのである。一分二十五秒でしか走れない選手は、逃げきり戦法でも、レコードを短縮することはできない。レコードを短縮し得たとすれば、それだけの実力があり、それを隠していただけのことだ。

だから、強い選手は逃げきることができる。しかし、実力のない選手が逃げきることは有り得ないのである。

私の見たレースでは、あらゆる競輪新聞や予想屋が、全然問題にしていなかった選手が逃げきって勝った。

観衆は、アー、逃げきりやがって、畜生メ！　とガッカリしていたが、もし、この選手がこのレース一度だけで、その後のレースに弱いとすれば、これもハッキリ八百長にきまっている。私は、又、本命と対抗が二人まで落車して、タンカで運ばれて去るのも見た。

競輪はペダルに靴をバンドでしめつけて外れない仕組になっているので、落車すると自転車もろとも、一体にころがり、コンクリートのスリバチ型の傾斜をころがるから、本当に落車すると、相当の負傷をする。

しかし、私の見た落車は、スピードの頂点に於て行われたものではなく、前の車をカーブでぬこうとしてスリバチの頂点へ登りつめ、登りつめたことによって、速力が停止した瞬間に横にころがっていた。これは最も危くないころがり方である。

観衆は落車は危険だと思い、落車すると、すぐタンカがきて、運んで行くから、誰しも落車を偶然の事故だと思って怪しまないが、カーブに於て、スリバチの頂上に登りつめると、自然に停止する瞬間があり、その瞬間にころがると、停止してころがったのと全く同じ状態にすぎないことを見のがしているのである。同時に又、スリバチ型の頂上へのぼりつめて、自然に速力が停止すると、もしペダルから足が放せるなら、当然片足をヒョイと降して、支えて止まる状態でもあり、それが出来ないから、ころがるだけの、きわめてスムースに、かつ、やわらかく、ころがりうる状態であることを知る必要もあろう。

落車は最終日に於て行われたが、これも亦、何事かを暗示しているように私は思った。しかし、観衆は、落車には同情的であり、落車にもいろいろの場合があることを度外視しているから、ここにも盲点がありうるのである。

ともかく、競輪というものは、フォーカスで本命ばかり買っても、全然ダメ。複で本命を買っていても、二度以上は外れるから、やっぱりダメ。マトモに買っては、目下のところ絶対にもうからない。

現在のところでは、三万円をフトコロに、穴狙い屋の少い競輪場へ出かけて、大穴専門にやるのが、むしろ最も確実なのである。なぜなら、半数ぐらい番狂わせが出るから。そして、この番狂わせが八百長かどうかは分らないが、八百長でも有りうることは、私が今まで述べたところで、ほぼ判じうるだろうと思う。


しかし、私が話を交した三人の選手のヒタムキな向上心や、彼らによって物語られた選手の私生活について考察しても、選手自体は概ね勝負一途の、競輪に青春を賭けた単純で名誉心にもえたった連中で、選手の腐敗ということは、きわめて一部分の現象でしかないようである。

常に新人が登場して、それが勝敗以外に余念のない十七、十八、十九ぐらいの若者ぞろいであるから、その競争心は熱烈であり、練習も亦猛烈だ。彼らの朝晩の練習は、真剣そのものである。だから、追われる方も油断ができず、酒色に身をもちくずせば早晩破滅するばかりであり、好んで八百長をやる筈はない。

しかし、八百長はたしかにある。もしも、あの打ちつづく番狂わせが、八百長でなく、競輪自体の性格であるとするならば、競輪というものは三千円や五千円ぐらいのモトデで出かけたところで損をするばかりで、三万円をフトコロに穴を狙うのが一番確実なレースだということになる。そして、それをやりうる金持だけが、ともかくモウカル仕組であり、貧乏人はまったく見込みがないというレースの性格でもあるわけだ。

又、一日に二レースに出場する選手が、一レースを投げ、他の一レースに全力を集中するということが許されるなら、これも一種の八百長とみてよろしく、主催者は、プログラムの製作を変える必要があろう。

しかし、八百長の元は、場内整理にボスが当り、選手派遣についてもボスに渡りをつける必要があるなどという仕組の中にあるのだろうと思う。しかし、現在、競輪に人気が集中しているのは、その八百長的性格のせいで、大番狂わせ、大穴のでるところに人気があつまっているのだから、八百長の性格が少くなると、競輪熱も衰え、片隅の存在になるのじゃないかと思われる。

賭博というものは、それで生計をたてる性質のものではなく、遊びであり、その限りに於て、片隅に存在を許されることは、不当ではない。特に日本の国情として、世界的に観光国家として発展の必要があると、片隅の存在としての賭博は、片隅ながらも、国家的な配慮に於て行われる必要はあるだろう。

そういう場合に最大の障碍(しょうがい)となるのは、その賭博によって生計を立てる人種が介在することで、つまり、ボスというものの存在を許すかぎり、賭博は民衆の「遊び」として育てることはできないのである。

賭博を単純に遊びとか保養というものに解する生活が確立すれば、もとより賭博の害もなく、競輪場の紛擾もなくなるだろう。モナコがなくなっても、自殺者の数はへらない。

湯の町エレジー

新聞の静岡版というところを見ると、熱海を中心にした伊豆一帯に、心中や厭世自殺が目立って多くなったようである。春先のせいか、特に心中が多い。

亭主が情婦をつれて熱海へ駈落ちした。その細君が三人だか四人だかの子供をつれて熱海まで追ってきて、さる旅館に投宿したが、思いつめて、子供たちを殺して自殺してしまった。一方、亭主と情婦も、同じ晩に別の旅館で心中していた。細君の方は、亭主が心中したことを知らず、亭主の方は、女房が子供をつれて熱海まで追ってきて別の旅館で一家心中していることを知らなかった。亭主と細君は各々の一方に宛てて、一人は陳謝の遺書を、一人は諫言(かんげん)の遺書をのこして、同じ晩に、別々に死んだのである。

偶然の妙とも云えるが、必然の象徴とも云える。夫婦の一方が誰かと心中する時期は、残る一方が一家心中したくなる時期でもあろうからである。近松はこれを必然の象徴とみて一篇の劇をものすかも知れないが、近代の批判精神は、これをあくまで偶然と見、茶番と見る傾向に進みつつあると云えよう。古典主義者はこれを指して、近代の批判精神はかくの如くに芸術の退化を意味すると云うかも知れぬ。

温泉心中もこれぐらい意想外のものになると別格に扱われるが、新聞の静岡版というものは、普通、官報の辞令告示のように、毎日二ッ三ツの温泉自殺を最下段に小さく並べている。静岡版の最下段は温泉自殺告示欄というようなものだ。その大多数は熱海で行われる。

そこで、今年になって、熱海の市会では、自殺者の後始末用として、百万円の予算をくんだそうだ。

所持金使い果してから死ぬのが自殺者の心理らしい。稀には、洋服を売って宿賃にかえてくれ、などと行届いた配慮を遺書にのこして死ぬ者もあるが、屍体ひきあげ料、棺桶料金まで配慮してくれる自殺者はいないので、伊豆の温泉のお歴々が嘆くのである。コモ一枚だってタダではない。実に、物価は高いです。それが毎日のことではないですか。ああ、熱海市会は百万円のタメ息をもらす。

大島の三原山自殺が盛大のころは、こうではなかった。光栄ある先鞭をつけた何人だかの女学生は、三原山自殺の始祖として、ほとんど神様に祭りあげられていた。後につづく自殺者の群によってではなく、地元の島民によってである。何合目かの茶店の前には、始祖御休憩の地というような大きな記念碑が立っていたのである。

大島は地下水のないところだから、畑もなく、島民はもっぱら化け物のような芋を食い、栄養補給にはアシタッパ（又は、アスッパ）という雑草を食い、牛乳をのんでいた。アシタッパという雑草は、今日芽がでると明日は葉ッパが生じるという意味の名で、それぐらい精分が強いという。大島の牛はそれを食っているから牛乳が濃くてうまいという島民の自慢だ。

三原山が自殺者のメッカになるまで、物産のない島民は米を食うこともできなかった。自殺者とそれをめぐる観光客の殺到によって、島民はうるおい、米も食えるし、内地なみに暮せるようになったという。

だから彼らが始祖の女学生を神様に祭りあげるのは、ムリがない。醇乎たる感謝の一念である。おまけに、火口自殺というものは、棺桶代も、火葬の面倒もいらない。火口ではオペラグラスの賃貸料がもうかる始末で、後始末の方は全然手間賃もいらないのである。

雲煙の彼方に三原山が見える。星うつり年かわって自殺者の新メッカとなった熱海は、コモもいるし、棺桶もいる。観音教の教祖は熱海の別荘をあらかた買占めて、はるか桃山の山上に大本殿を新築中であるが、自殺者の屍体収容無料大奉仕というようなことは、やってくれないのである。

熱海にくらべれば、私のすむ伊東温泉などは物の数ではない。それでも時折は、こんな奥まで死ににくる人が絶えない。もっと奥へ行く人もある。風船バクダンの博士は、はるか伊豆南端まで南下し、再び北上して、天城山麓の海を見おろす松林の絶勝の地で心中していた。風船バクダン博士という肩書にもよるかも知れぬが、この心中屍体に対しては、土地の人々の取扱は鄭重をきわめたそうである。一つには、地域的な関係もある。

心中も、伊東までは全然ダメだ。誰も大切にしてくれない。伊東を越して南下して、富戸から南の海へかけて飛びこむと、実に鄭重な扱いをしてくれるそうだ。

水屍体をあげると大漁があるという迷信のせいである。現に大漁の真ッ最中でも、屍体があがると、漁をほッたらかして、オカへ戻り鄭重に回向して葬るそうだ。さらにより大いなる大漁を信じているからだという。富戸という漁村は水屍体を鄭重に葬ることには歴史があって、頼朝が蛭ヶ小島に流されていたとき伊東祐親の娘八重子と通じて千鶴丸をもうけたが、祐親は平氏に親しんでいたから、幼児を松川の淵へ棄てさせてしまった。稚児の屍体は海へ流れて、辿りついたのが富戸の断崖の海岸だ。これを甚衛門という者が手厚く葬ったところ、後日将軍となった頼朝の恩賞を蒙り、その子孫は生川の姓を名乗って現存しているという。

千鶴丸を殺させた祐親は後に挙兵の頼朝と戦って敗死したが、彼は河津三郎の父であり、曾我兄弟には祖父に当る。曾我の仇討というものは、単なるチャンバラではなくて、そもそもの原因は祐親が兄の所領を奪ったのが起りである。つまり亡兄の遺言によって亡兄の一子工藤祐経の後見となった伊東祐親は、祐経が成人して後も所領を横領して返さなかった。祐経は祐親の子の河津三郎を殺させ、源氏にたよって父の領地をとりかえしたから、今度は河津三郎の子の五郎十郎が祐経を殺したというわけだ。祖父から孫の三代にわたる遺産相続のゴタゴタで、元はと云えば伊東祐親の慾心から起っている。講談では祐親は大豪傑だが、曾我物語の原本では、悪党だと云っている。もっとも、伊豆の平氏を代表して頼朝と戦った武者ぶりは見事で、豪傑にはちがいない。

伊東は祐親の城下であるが、そのせいではなかろうけれども、水屍体は全然虐待される。富戸と伊東は小さな岬を一つ距てただけで、水屍体に対する気分がガラリと一変しているのである。伊東の漁師には、水屍体と大漁を結びつける迷信が全く存在していないのである。

しかし、同じ伊豆の温泉都市でも、熱海にくらべると、伊東は別天地だ。自殺にくる人も少いが、犯罪も少い。兇悪犯罪、強盗殺人というようなものは、私がここへ来てからの七ヶ月、まだ一度もない。

その代り、パンパンのタックルは熱海の比ではない。明るい大通りへ進出しているのである。さらば閑静の道をと音無川の清流に沿うて歩くと、暗闇にうごめき、又はヌッとでてくるアベックに心胆を寒からしめられる。頼朝以来の密会地だから是非もない。頼朝が密会したのもこの川沿いの森で、ために森も川も音を沈めて彼らの囁きをいたわったという。それが音無川の名の元だという。伊東のアベックは今も同じところにうごめいているのである。

二週間ほど前の深夜二時だが、私の借家の湯殿の窓が一大音響と共に内側へブッ倒れた。私は連夜徹夜しているから番犬のようなものだ。音響と同時に野球のバットと懐中電燈を握りしめて、とびだした。伊東で強盗なぞとはついぞ聞いたことがないのに、わが家を選んで現れるとは。しかし、心当りがないでもない。税務署が法外な税金をフッかけ、新聞がそれを書き立てたのが二三日前のことだからだ。知らない人は大金持だと思う。

外は皎々（こうこう）たる満月。懐中電燈がなんにもならない。こんな明るい晩の泥棒というのも奇妙だが、イロハ加留多（かるた）にも月夜の泥棒があるぐらいだから、伊豆も伊東まで南下すると一世紀のヒラキがあって、泥棒もトンマだろうと心得なければならない。

とにかくサンタンたる現場だ。鍵をかけた筈の二枚のガラス戸が折り重って倒れている。内側の戸が外側に折り重っているのである。

戸外には十五米（メートル）ぐらいの突風が吹きつけているが、キティ颱風（たいふう）を無事通過した窓が、満月の突風ぐらいでヒックリ返る筈がない。人為的なものだとテンから思いこんでいるから、来れ、税務署の怨霊。バットを小脇に、夜明けまで見張っていた。

隣家には伊東署の刑事部長が住んでいる。つまり伊東きってのホンモノの名探偵が住んでいるのだ。

私は推理小説を二ツ書いて、この犯人を当てたら賞金を上げるなどと大きなことを言ってきたが、実際の事件に処しては無能のニセモノ探偵だということは再々経験ずみであった。しかし、この時は推理に及ぶ必要がない。泥棒にきまっていると思いこんでいた。

翌朝、隣家のホンモノの名探偵は現場に現れて、静かに手袋をはめ、つぶさに調べていたが、

「風のイタズラですな」

アッサリ推理した。

浴室の窓だから、長年の湯気に敷居が腐って、ゆるんでいたのだ。外側から一本の指で軽く押しても二十度も傾く。突風に吹きつけられて土台が傾いたから、窓が外れ、風の力で猛烈に下へ叩きつけられた。そのとき内側の窓粋が水道の蛇口にぶつかったから、はねかえって、内側の戸が外側に折り重ったという次第であった。

この結論までに、ホンモノの名探偵は五六分しか、かからなかった。推理小説の名探偵はダラシがないものだ。

二人の探偵の相違がどこにあるかというと、ホンモノの探偵は倒れた窓をジッと見ていたが、おもむろに手袋をはめると、先ず第一に（しかり。先ず、第一に！）敷居に手をかけて押してみたのである。ほかに何もしないで、先ず敷居に手をかけて押してみた。驚くべし。敷居は自在にグラグラうごき、その都度二十度も傾いたのである。

私ときては、敷居は動かないものときめて、手で押して調べてみることなどは念頭になかった。そのイワレは、キティ颱風を無事通過した窓が満月の突風ぐらいでヒックリ返る筈がないということだ。私はテンから泥棒ときめこんで、先ず足跡をしらべ、どこにも足跡がないので、

ハテ、風かな、と一抹の疑念をいだいたような、まことに空想的な推理を弄んでいたのである。

要するに、これも税務署の寒波によるせいかも知れない。推理小説の名探偵も、心眼が曇ったのである。伊東という平和な市には、深夜にうろつくのはアベックばかりだ。その勢力は冬でも衰えが見えない。こうアベックがうろついては、泥棒もうろつけないに相違ない。そして私の住居こそはほぼ頼朝密通の地点そのものに外ならぬのである。


伊東を中心に、熱海、湯河原、箱根などの一級旅館を荒していた泥棒がつかまった。俗に、枕さがし、とか、カンタン師とか云って、温泉旅館では最も有りふれた犯罪だ。しかし、一人の仕事としては被害が大きい。伊東だけでも、去年の暮から四十件、各地を合せると三百万円ぐらい稼いでいた。前科七犯の小男で、ナデ肩の優男だという。

この犯人は極めて巧妙に刑事の盲点をついていた。

彼は芸者とつれこみで旅館に泊る。あるいは、芸者をよんで、泊める。ちょッと散歩してくると、芸者を部屋にのこして、ドテラのままフラリとでる。そして、たてこんでいる一級旅館へお客のフリをしてあがりこんで、仕事をするのである。自分の泊っている旅館では決してやらない。ここが、この男の頭のよいところだ。

旅客のフリをして廊下かなんか歩いていて、浴客の留守の部屋へあがりこんで、金品を盗みとって、素知らぬフリをして戻ってくるのである。

自分の部屋には芸者が待たしてあるから、いわばアリバイがあるようなもので、さすがの探偵たちも、この男が犯人だということは、他のキッカケがなければ、なお相当期間発見されなかったろう。

伊東の暖香園へ泊った浜本浩氏もカバンをやられた。その同じとき、伊東在住の文士のところへ税額を報らせに来た文芸家協会の計理士某氏が伊東市中を自動車でグルグル乗りまわしていて、第一級の容疑者として睨まれたそうだ。してみると、私も陰ながらツナガリがあったのである。私はそのとき、前回の巷談のために、小田原競輪へ泊りがけで調査にでむいていて、留守であった。

この男がつかまったのは、いつもの奥の手をちょッと出し惜んだせいだったそうだ。ドテラの温泉客のフリを忘れて、洋服のまま、伊東温泉の地下鉄寮というところへ忍びこんだ。見破られて逃走したが、襟クビをつかまれ、上衣を脱ぎすててのがれたが、洋服のポケットに自分の写真を入れていたのが運の尽き、指名手配となったのである。

伊東署の刑事は情報を追うて長岡、修善寺と飛んだが、逃げるとき連れて行った伊東の芸者のことから、湯河原の天野屋旅館にいることが分った。時に三月三日、桃の節句の真夜中で、五名の刑事は一夜腕を撫し、四日の一番列車で伊東を出発して、湯河原の目ざす旅館へついたのが六時半、寝こみを襲って、つかまえたという。

そのとき、この男は革のカバンに、十一万三千円の現金と、外国製時計七個（うち四個金側）、ダイヤ指輪二ツ、写真機、万年筆四本、等をもっていた。私の全財産よりも、だいぶ多い。万年筆まで、文筆業の私よりもタクサン持っていたのである。ほかに雨戸や錠前をこじあけるためのペンチその他七ツ道具一式持っていたが、七ツ道具を使って夜陰に忍びこむのは女をつれていない時で、機にのぞみ、変に応じて、手口を使い分けていたが、結局七ツ道具の有りふれた方法などを弄んだために失敗するに至ったのである。

思うに、この先生は、ほかの泥棒のように、セッパつまった稼ぎ方はしていなかったのである。主として芸者をつれて豪遊し、そうすることによって容疑をまぬがれ、当分の遊興費には事欠かないが、ちょッとまア、食後の運動に、趣味を行う、という程度の余裕綽々たるものであった。天職を行うには、常にこれぐらいの余裕が必要なものである。セッパつまって徹夜の原稿を書いている私などとは雲泥の差があるようだ。

説教強盗などのように、強盗強姦などと刃物三昧や猫ナデ声のミミッチイ悪どさもないし、世帯やつれしたところもない。芸者をつれて豪遊し、それがアリバイを構成し、食後の運動、又、時にはコソ泥式の忍び込みもするところなども通算して一つの風流をなしている。惚れ惚れする武者ぶりだ。どこかバルザックの武者ぶりに似ている。大芸術というものは、これぐらいの武者ブリと綽々たる余裕がないと完成できない性質のものだ。

しかし、ここまでは序の段で、話の本筋はこの後にあるのである。

彼が捕えられて伊東署へ留置されると、芸者、料理屋、置屋などからゴッソリ差入れがあった。ところがこの先生、山とつまれた凄い御馳走には目もくれず、ハンストをやりだしたのである。警察も仕方なく栄養剤の注射をうって、持久戦に入った。

私はわが身の拙さを考えたのである。まず第一に、私が警察につかまっても、芸者や、料理屋や、待合や、置屋などからゴッソリ差入れがあるという見込みがない。第二に、ゴッソリ差入れがあったとしても、それには目もくれずハンストをやるなどというフルマイができるとは信ぜられないからであった。

ハンストなどというものは、甚しく毅然たる精神を必要とするものに相違ない。集団ハンストとか、銀座街頭のハンストなどは、下の下である。

孤独なるハンストに至っては、奥深くして光芒（こうぼう）を放ち、神秘にして毅然、とうてい凡夫の手のとどく境地ではない。一つの高く孤独なる魂の運動を直線とする。俗物どもの低俗な社会契約が、この直線を切るのである。その切点は一瞬に火をふく。高い孤独な魂の苦悶が一瞬に鋭い慟哭（どうこく）と化したからである。それは流星が空気にふれて火をふきその形を失うのに似ている。

――こう考えて、私はことごとく敬服した。

折から文藝春秋新社の鈴木貢が遊びにきたので、私は温泉荒しの敬服すべき武者ブリについて、説明した。

「バルザックの武者ブリは、当代の文士の生活にはその片鱗も見られないね。たまたま温泉荒しの先生の余裕綽々たる仕事ぶりに、豪華な制作意欲がうかがわれるだけだ。芸道地に墜ちたり矣」

鈴木貢は社へ戻って、温泉荒しの武者ブリを一同に吹聴した。

膝をたたいたのが、池島信平である。

「巷談の五は、それでいこうよ。グッと趣きを変えてね」

ただちに私のところへ使者がきた。池島信平という居士（こじ）の房々と漆黒な頭髪の奥には、ここにも閃光を放つ切点があるらしいので、私はニヤニヤせざるを得ない。

「なるほどね。温泉風俗を通して世相の縮図をさぐり、湯泉荒しの武者ブリを通して戦後風俗の一断面をあばく、とね。これも閃光を放つ切点か」

私は使者に言った。

「どうも、巷談の原料になるかどうか、新聞だけじゃ分らないよ。いったい、なんのためにハンストやってるのだろう？　いろいろ、きいてみないとね」

「それは、もう、手筈がととのっていています」

伊東に住んでいる車谷弘が総指揮に当って、カナリヤ書店と「新丁」という鰻屋の主人を参謀に、警察や芸者や料理屋の主人や旅館の番頭女中などにワタリをつけて、一席でも二席でも設けて話をききだす手筈がととのっているというのだ。

私は、たしかに、興味があった。なぜ、ハンストをやっているのだろう？　どうして、そんなに差入れがあるのだろう？　と。

最も卑俗なところを忘れてはいけないな、と私は自戒した。とかくそれを忘れがちだからである。窓の土台を押してみるのを忘れて推理しているたぐいだ。

そこで私は考えた。ハンストというのはマユツバモノだ。先生、豪遊がすぎて、腹をこわしているのじゃないか、と。

警察の人にきいてみると、私の考えた通りで、

「あれには騙されましたよ。ナニ、連日の飲みすぎで、下痢してたんですな。相当に胃がただれているようですよ」

しかし、これも真相ではなかった。その数日後も、彼はまだハンストをやっていた。しかし、流動物はとる。そして、日に日に痩せている。すでに十七日目であった。

「ええ、まだハンストをやっていますよ」

と、別の警察の人が言った。

「そして、犯行についても、全然喋りませんな。上衣の襟クビを捉えられた地下鉄寮と、もう一軒物的証拠を残してきた旅館の犯行のほかは否認して、口をつぐんでいます」

なるほど、否認するためのハンストかと私は思ったが、これも真相ではなかった。真相というものは、まことに卑俗なものである。

「あれはですな。ハンストをやって流動物だけ摂っていると、衰弱して、保釈ということになります。前科何犯という連中、特に裕福な連中、二号三号をかこっているという連中がこれをやります。常習の手ですよ。あの先生も、二号というほどのものはないでしょうが、金は持っていますからな。保釈になって、それをモトデに、見残した夢を見ようというわけです」

狸御殿（たぬきごてん）の殿様などは、この手の名人だということである。保釈で出ては新しい仕事をしている。

温泉荒しの泥棒といっても、たしかに、彼の場合は、完全な智能犯だ。狸御殿の殿様よりも、チミツなところがあるかも知れない。彼の編みだした温泉荒しの方法は、勝負が詐欺よりも手ッとり早いし、ある意味では、安全率が高い。なぜなら、誰にも姿を見られていないからである。見た人はあっても、疑われてはいない。

かくの如くに頭脳優秀な彼が、もてる金を有効適切に活用するために、ハンスト、保釈を計画したのは当然で、保釈ということを知らなかった私がトンマということになる。

ところが、智能犯は彼一人ではない。犯と云っては悪いけれども、まことに、どうも、生き馬の目をぬくこと、神速、頭脳優秀なのは彼一人ではなかったのである。

芸者、料理屋、待合などから、なぜゴッソリ差入れがあるかというと、これが又、彼の持てる金故であるという。つまり、彼に貸金のある連中が、それを払って貰うために、せッせと差入れしているのである。

私はこれをきいてアッと驚き、しばしは二の句のつげない状態であった。まことに、どうも、真相は卑俗なものだ。

彼が湯河原で寝込みを襲われて捕えられたとき一緒にいた芸者は、弁当や菓子など差入れていたが、ハンストと知って、チリ紙などの日用品を差入れることにした。一念通じて、彼女が先ず一万五千円の玉代をもらいうけ、かくて、彼の所持金は九万八千円になったが、それ以下には減っていないということだから、ほかの差入れは未だにケンが見えないのである。

泥棒とは云っても彼ぐらいの智能犯になると、兇器などというものは所持してもいないし、使ったこともない。温泉旅館というものの宴会、酔っ払い、混雑という性格を見ぬき、万人の盲点をついて、悠々風の如くに去来していたにすぎない。どの芸者とくらべても、彼の方が小さかったというほどの五尺に足らない小男で、女形のようなナデ肩の優男であるというから、兇器をふりまわしても威勢が見えないという宿命によるのかも知れないが、同じ泥棒をやるなら、彼ぐらい頭をはたらかして、一流を編みだしてもらいたいものだ。

私は探偵小説を愛読することによって思い至ったのであるが、人間には、騙されたい、という本能があるようだ。騙される快感があるのである。我々が手品を愛すのもその本能であり、ヘタな手品に反撥するのもその本能だ。つまり、巧妙に、完璧に、だまされたいのである。

この快感は、男女関係に於ても見られる。妖婦の魅力は、男に騙される快感があることによって、成立つ部分が多いのだろうと思う。嘘とは知っても、完璧に騙されることの快感だ。この快感はまったく個人的な秘密であり、万人に明々白々な嘘であっても、当人だけが騙される妙味、快感を知ることによって、益々孤絶して深間におちこむ性質のものだ。水戸の怪僧のインチキ性がいかに世人に一目瞭然であっても、騙される快感はむしろ個人の特権として、益々身にしみることになるのかも知れない。

温泉荒しのハンスト先生の手口も、どうにも憎みきれないところがある。その独創的な工夫に対して若干の敬意を払わずにはいられないし、風の如くに去来する妙味に至ってはいささか爽快を覚えるのである。

敗戦後はまことにどうも無意味な兇悪事件がむらがり起っている。意味もなく人を殺す。静岡県の小さな町では、十八の少年が麻雀の金が欲しさに、四人殺して、たった千円盗んだ。無芸無能で、こういう愚劣な例は全国にマンエンしている。戦国乱世の風潮である。

同じ乱世の泥棒でも、石川五右衛門が愛されるのは、彼の大義名分によることではなくて、忍術のせいだ。猿飛佐助も霧隠才蔵も人を殺す必要がないのである。彼らは人をねむらせて頭の毛を剃るようなイタズラをやるが、いつでも睡らせることができるから、殺す必要はない。殺さなければならないのは、敵方の大将だけだが、因果なことに、殺すべき相手に限って身に威厳がそなわり、術が破れて、近づくことが出来ないのである。

人間の空想にも限界があるから面白い。天を駈ける忍術も、万能ではあり得ないのである。自ら善なるもののみしか、万能ではあり得ない。サタンが万能では、悪きわまるところなく、物語に必要な救いというものがないからである。

しかし、忍術物語というものが万人に愛されてきた理由の大いなるものは、人間の胸底にひそむ「無邪気なる悪」に対する憧憬だ。それは又、だまされる快感と一脈通じるものであり、あるいは表裏をなすものでもある。

人間がみんな聖人になり、この世に悪というものがなくなったら幸福だろうと思うのは、茶飲み話しの空想としては結構であるが、大マジメな論議としては、正当なものではないだろう。人間のよろこびは俗なもので、苦楽相半ばするところに、あるものだ。悪というものがなくなれば、おのずから善もない。人生は水の如くに無色透明なものがあるだけで、まことにハリアイもなく、生きガイもない。眠るに如かずである。

人間は本来善悪の混血児であり、悪に対するブレーキと同時に、憧憬をも持っているのだ。そして、憧憬のあらわれとして忍術を空想しても、おのずから限界を与えずにはいられないのである。これが人間の良識であり、這般の限界に遊ぶことを風流と称するのである。

忍術にも限界があるということ、この大きな風流を人々は忘れているようだ。

大マジメな人々は、真理の追求に急であるが、真理にも限界があるということ、この大切な「風流」を忘れているから、殺気立ってしまう。すぐさまプラカードを立てて押し歩き、共産主義社会になると人間に絶対の幸福がくるようなことを口走る。

人間社会というものは、一方的には片付かない仕組みのものだ。善悪は共存し、幸不幸は共存する。もっと悪いことには、生死が共存し、人は必ず死ぬのである。人が死ななくなった時、人生も地球も終りである。

いくら大マジメでも、一方的な追求に急なことは賀すべきことではない。大マジメな社会改良家も、大マジメな殺人犯も、同じようなものだ。いずれも良識の敵であり、ひらたく云えば、風流に反しているのである。

敗戦後の日本は、乱世の群盗時代でもあるが、反面大マジメな社会改良家の時代でもあり、ともに風流を失した時代でもあるのである。

私がハンスト先生に一陣の涼風を覚えたのは、泰平の風流心をマザマザと味得させられたからで、私は大マジメな社会改良家には一向に親愛を覚えないが、この先生には親愛の念を禁じ得ないのである。

泥棒をやるぐらいなら、これぐらい手際よくやってもらいたい。何事にも手際というものが大切だ。仕事には手際が身上だ。それが人間の値打でもある。

手際の良さということには、救いがあるのである。騙される快感というものを、万人が持っているからだ。帝銀事件の犯人がほかに居ればよいという考えは、平沢氏に対する同情からのことではなくて、手際よき忍術使いへの憧憬だ。警察にはお気の毒だが、人間にはそういう感情があり、風流は、そういうところに根ざしているものなのである。

私がハンスト先生に憎悪の念がもてない理由の一つには、温泉町の特性から来ているものがある。ドテラの着流しで夜の街をゾロゾロ歩いている温泉客というものは、銀座の酔ッ払いとは違っている。

二人は同じ人かも知れないが、銀座で酔ッ払っている時と、ドテラの着流しで温泉街を歩いている時は、人種が違うのである。温泉客というものには個性がない。銀座の酔っ払いは女を見るに恋人という考えを忘れていないが、温泉客は十把一(じっぱひ)とからげにパンパンがあるばかりで、恋人を探すような誠意はない。完全に生活圏を出外れて、一種の痴呆状態であり、無誠意の状態でもある。生活圏内の人間から盗みをするのは気の毒であるが、生活圏外の人間から盗みをするのは気の毒ではないような感情が、温泉地に住んでいると生れてくるようである。

これは温泉客の性格であると同時に、日本人が団体的になった場合の悲しむべき性格でもあるようだ。どうにも、人間という感じがしない。生活圏にいる人の同族の哀れさというものが感じられないのだ。

温泉客はいわば温泉地を占領して勝手放題をやっているのだ。どこの占領軍でも、温泉客ほど占領地で優越的にふるまってはいないようだ。

温泉街を土足で蹴っているのである。私が温泉商店街のオヤジだったら、ずいぶんボリたくなるような気持だが、オヤジ連はその割にボラないのである。ジッと我慢しているのかも知れない。

だからハンストの先生は、温泉地の悪童からは、あんまり憎まれていないようである。

東京ジャングル探検

わが経来りし人生を回想するという年でもないが、子供のころは類例稀れな暴れん坊で、親を泣かせ、先生を泣かせ、郷里の中学を追いだされて上京しても、入れてくれる学校を探すのに苦労した。私が苦労したわけではないが、親馬鹿というもので、私はだいたい学校というものにメッタに顔をださなかった。たまに顔をだすと、たちまち、先生と追いつ追われつの活躍となり、しかし結局先生を組み伏せるのは私の方であるし、当人の身にもツライことで、たのしいものではない。

追いだされるのは仕方がない。当人の身にはホッとして、これで悪縁がきれた、まったくである。不良少年というものは、行きがかりのものだ。当人が誰よりツライのである。けれども、親馬鹿だ。改めて歴とした中学へ入れようとしても、受けつけてくれるものじゃない。結局ヨタモノだけの集る中学へ入学する。そういう中学があったのである。

悪縁が切れたから、改心しようと思って、改心したツモリであったが、どこにも行きがかりというものがある。学問はできないけれども、スポーツは万能選手で、たのまれてチョロチョロと競技会へ出場すると、関東大会でも優勝するし、全国大会でも優勝する。九州の落武者の大ヨタモノの相撲の選手が糞馬力で投げてみたって、十二ポンドの砲丸が七八米ぐらいしか飛ばないものだ。私がヒョイと投げると十一米ふッとぶのである。柔道すると、大ヨタモノがコロコロ私にひッくりかえされる。いくら学問が出来ないたって、こういう連中の中では頭角を現すから、私は改心したツモリであったが、いつのまにか、大ヨタモノの中央に坐っていた。

九州の落武者の多くは、壮士的ではあるが、ヨタモノとは違う。彼らは概ね自活していた。新聞配達とか、露店商。これは今でも学生のアルバイトだが、当時はそうザラではない。夜中にチャルメラ吹く支那ソバ屋もいたし、人力車夫、これがモウケがよかったようだ。雨が降りだすと、ソレッと親方から車をかりて、駅や劇場へ駈けつける。雨天だけの出動で一ヵ月生活できるから、ワリがよかった。

この連中は年齢も二十をすぎ、いっぱし大人の生活をし、女郎買いに行ったりして、一般の中学生の目には異様であるが、ヨタモノとは違う。

硬派、軟派の本ヨタは、年齢的には、むしろ普通の中学生に多かった。

落語で云うと、コレ定吉、へーイ、というような筒袖の小僧ッ子が、朝ッパラから五六人あつまって、一升ビンで買ってきた電気ブランをのんでいる。三人ぶんぐらいの洋服や着物を曲げて、電気ブランを買ってきたのである。

小僧ッ子が酔っ払うと、目がすわる。呂律が廻らなくなることは同じことだが、理性は案外シッカリしていて、ちょッとした大言壮語するぐらいで、大人のように取り乱した酔い方はしないものだ。酔うと発情するような傾向もないし、シンから疲れているようなところもないせいかも知れない。

じゃ一仕事してこようや、と云って、酔いの少いのが、三人ぐらい、曲げ残りの制服や筒袖をきて、でかけて行くのである。腰にまいたバンドが武器だ。筒袖はメリケン・サックというものを忍ばせている。

よその学校のヨタがかったのや、軟派をおどかして金をまきあげることもあるし、セッパつまると、大人にインネンをつけることもある。小僧ッ子とあなどると案外で、ヒョウのような目で突然おそいかかって、メリケンをくらわせたり、バンドをふりまわしたり、警察へアゲられても、仲間のことは一言も喋らず、三四日してニヤニヤと出てくるのがいる。十六七の小さい中学生なのである。

彼らは賭場へのりこむこともある。貸元の賭場ではなくて、車夫だとか、自由労働者とか、本職でもなしズブの素人でもなしという手合の半常習的なレッキとした大人の世界へのりこんで行くのである。

子供とあなどってインチキなことをやると、少年の行動というものはジンソクなもので、居直ったと思うと疾風ジンライ的にバンドを構え、メリケン・サックを閃めかして大人にせまっている。

私は一度だけ、彼らがそんなことをする現場に居合したことがあるが、彼らは私に遠く離れて彼らの仲間と思われぬようにしているようにと注意を与え、細心なイタワリを払ってくれて、仲間になれとか、見張りしてくれとか、そんなことは決して云わなかった。

九州のオッサン組と本ヨタ組は完全に没交渉であったが、私はどちらからも大事にされて、甚だケッコウな身分であった。

九州のオッサン組は年をくっていたが、無邪気でもあり、同時に、低脳でもあったが、ヨタ組は若くて、しかし老成しており、学業は出来ないが、判断は早く、行動はジンソクだった。両者に共通していたことは、スポーツのような子供っぽいことには深く興味を持ち得ないことだけであった。両者がケンカすると、若年のヨタ公が勝ったであろう。なぜなら、しつこさ、あくどさがあった。軟派の現場をとらえ、相手の女学生を輪姦するというようなことは確かにやっていたし、その日常も現実的で、花札のインチキなどを、身をつめて練習していたものである。

後年、私が三十のころ、流浪のあげく、京都の伏見稲荷の袋小路のドンヅマリの食堂に一年ばかり下宿していたことがあった。

はじめ私が泊ったころはタダの食堂、弁当の仕出し屋にすぎなかったが、六十ぐらいのここのオヤジが碁気ちがいだ。毎晩私に挑戦する。それが言語道断のヘタクソなのである。石の生死の原則だけ辛うじて知っているだけで、九ツおかせてコミを百だして、勝つ。つまり、全部の石が死んでしまうのである。それでもオヤジは碁が面白くて仕方がないというのだから、因果なのは彼にしつこく挑戦される人間である。

バカバカしくて相手になっていられないから、そんなに碁が打ちたいなら、幸い食堂の二階広間があいてるから、碁会所をやりなさい。碁会所は達人だけが来るわけではなく初心者もくるから、初心者相手にくんずほぐれつやったらお前さんも溜飲が下るだろう、とすすめて碁会所をひらかせた。

オヤジは大変な乗気で、碁道具一式そろえ、初心者きたれ、と待ち構えていたが、あいにくなことにオヤジと組んずほぐれつの好敵手はいつまでたっても現れず、誰も彼を相手にしてくれないので、オヤジのラクタン、私もしかし今もってフシギであるが、これぐらいヘタクソで、これぐらい好きだというのは、よくよく因果なことである。

そのうちに、ここがバクチ宿のようなものになった。

稲荷界隈を縄張りにしている香具師(やし)の親分が見廻りに来てここで食事をするうち、ここの内儀に目をつけた。四十ぐらいの、ちょッと渋皮はむけているが、外見だけ鉄火めいてポンポン言いたがる頭の夥しく悪い女だ。善良な亭主を尻にしいて、棺桶に片足つッこんでからに早う死んだらええがな、というようなことをワザと人前で言いたてたがる女だ。

香具師の親分ときいて、このバカな内儀が何年間つけたこともないオシロイなどぬりたくり、チヤホヤしたから、それからは親分が見廻りにくるたび御休憩の家となり、親分御食事中はほかのお客はお断り。門前払いだ。

やがて親分が酔っ払う。親分と内儀だけ奥に残して、乾分たちは退散し、食堂のオヤジも二階の碁席へ追ッ払われる。オヤジは腰がまがって、二階へ上ってくる時は、一段ごとに手も突きながら、ウウ、ウウ、ウウ、と這ってくる。関さんという碁席の番人で、これもヘタクソなのを相手に、血迷った馬のような青筋をたてて、ただもう猛烈な速力で碁を打ちはじめるのである。ハハア、香具師の親分が来てるな。追っ払われたな、ということが、常連にはすぐ分るのである。

碁席を当日休業にして、この広間で、跡目披露をやったこともあるし、モメゴトの手打式などもあった。袋小路のドン底の羽目板が外れて傾いて、食堂の土間には溝のあふれた匂いがいつもプンプンしているようなところで、こんなところで跡目披露や手打式をやるようでは、よッぽど格の下の親分であったに相違ない。落伍者や敗残者だけが下宿するにふさわしい家で、便衣隊の隠れ家には適しているが、まア、便衣隊の小隊長格の親分だったのだろう。

こうなってからは、碁席の方へも、乾分のインチキ薬売りや、そのサクラや、八卦見や療養師や、インチキ・アンマや、目附の悪いのがくるようになり、彼らが昼間くる時はカリコミがあった時で、一時しのぎに逃げこんでいるのだから、ソワソワと落附かず、碁はウワの空で、階下でゴトリと音がするたび、腰をうかして顔色を変える。

私はこの連中から花札や、丁半のインチキについて、実地に諸般のテクニックを演じて見せてもらった。こればかりは実演して見せてもらわないと分らない。指先の魔術である。寄席でやる奇術師のカードの魔術、すくなくとも、あれと同等以上の指先の錬磨がないと、インチキ賭博はやれない。札が指と手の一部のように、指の股に、掌に、手の裏に、袖に、前後左右、ヒラヒラ、クルクル、自由自在、目にもとまらぬものである。特に対面には全然わからない。当人の向って左側の者にだけ、シサイに見ていると魔術が分るから、ここには仲間をおかないとグアイがわるいようだ。

私は麻雀については知らないが、見ていると、のぼせあがって、ひどく忙しく、やっている。まるで忙しくやらないと麻雀打ちのコケンにかかわるかのように、ただもう四人の手がめまぐるしく往復しているのである。おまけに捨てたパイの上を水平に這うようにして各人の手が忙しく往復しているのだから、余分のパイを二ツ三ツ隠しておくのはワケがない。ちょッとの練習でいくらでもインチキがやれそうだ。だから素人が知らない人と賭け麻雀などはするものではない。

私の一生は不逞無頼（ふていぶらい）の一生で、不良少年、不良青年、不良中年、まことに、どうも、当人がヒイキ目に見てもロクでもない一生であった。それでも性来、徒党をくむことを甚しく厭み嫌ったために、博徒ギャングの群にも共産党にも身を投ずることがなかった。

云い換えれば、私の一生は孤独の一生であり、常に傍観者、又、弥次馬の一生であった。

しかし、私が傍観してきた裏側の人生を通観して、敗戦後、道義タイハイせり、などとパンパン、男娼、アロハアンチャン、不良少年の類いをさして慨嘆される向きは、世間知らずの寝言にすぎないということを強調しておきたい。いつの世にも、あったのである。秩序ある社会の裏側に常に存在してきたのだが、敗戦後は、表側へ露出してきただけなのである。

しかし、日本の主要都市があらかた焼け野原となって、復興の資材もない敗戦後の今日、裏側と表側が一しょくたに同居して、裏街道の表情が表側の人生に接触するのは仕方がない。まだしも露出は地域的であり、そういうものに触れたくないと思う人が触れずに住みうる程度に秩序が保たれていることは、敗戦国としては異例の方だと云い得るだろう。

裏側と表側の接触混合という点では、パンパン泥棒の類いよりも、役人連の公然たる収賄、役得による酒池肉林の方が、はるかに異常、亡国的なものであると云い得る。

清朝末期に「官場現形記」という諷刺小説が現れた。下は門番小使から上は大臣大将に至るまで、官吏の収賄、酒池肉林、仕事は表面のツジツマを合せるだけで手の抜き放題、金次第という腐敗堕落ぶりを描破したもので、この小説が現れて清朝は滅亡を早めたと云われている。

しかし今日の我々が「官場現形記」を読むと、官界の腐敗堕落の諸相は清朝のものではなくて、そッくり日本の現実だ。日本官界の現実は亡国の相であり、又、戦争中の軍部、官界、軍需会社、国策会社も、まったく清朝末期の亡国の相と異なるところがない。

街頭にパンパンはいなくとも、課長夫人の疎開あとには戦時夫人がいたし、戦時的男女関係はザラであった。万人には最低の生活が配給されていたが、軍人や会社上司の特権階級は、今日との物資の比例に於(おい)ては同じように最高級の酒池肉林であったことに変りはなく、監督官庁の役人は金次第で、あとは表面の帳面ヅラを合せておけば不合格品ＯＫだ。

そのくせ新聞は一億一心、愛国の至情全土に溢れているようなことしか書かないけれども、書けないからで、もしも今日同様なんでも書ける時代なら、道義タイハイ、人心の腐敗堕落ということは、先(ま)ず戦争中に於て最大限に書かれる必要があったのである。

新聞が書きたてることができず、誰も批判を発表することを許されなかった時代には、報道をウノミにして事の実相を気付かず、批判自由で新聞が書きたてる時代に至って報道通りのことを発見して悲憤コーガイ憂国の嘆息をもらすという道学者は、目がフシ孔で、自分の目では何を見ることもできない人だ。

口に一死報国、職域報国を号令しつつ腐敗堕落無能の極をつくしていた軍部、官僚、会社の上ッ方にくらべれば、敗戦焼跡の今日、ごく限られたパンパン男娼の存在の如きは物の数ではあるまい。前者は有りうべからざるものであるが、後者は当然あるべきことで、しかもその数は決して多すぎるものではなく、今日の敗戦日本は意外に秩序が保たれていると見なければならない。けだし日本の一般庶民が性本来温良で、穏和を愛する性向の然らしむるところであるらしい。監督官庁の官僚や税務官吏が特に鬼畜の性向をもつわけでなく、一般庶民と同じ日本人なのであろうが、どうも日本人というものは元々一般庶民たることに適していて、特権を持たせると鬼畜低能となる。今日に於ては、官僚の特権濫用の鬼畜性と一般庶民の温良性との差は甚しいものがある。批判禁止の軍人時代とちがって、批判自由の時代に於ても特権階級の専横は軍人時代と同じ程度であるから、いかに性温良とは云え、泣く子と地頭に勝てないという日本気質の哀れさは、当代の奇習のうちでも万世一系千年の伝統をもち特に珍らかなもののように思われる。アキラメや自殺は美徳ではない。税金で自殺するとは筋違いで、首をチョン切られても動きまわってみせるという眉間尺(みけんじゃく)の如くに、口角泡をふいて池田蔵相にねじこみ喉笛にかみついても正義を主張すべきところであろう。

　どうもマクラが長くなり、脱線して、何が何やら分らなくなってしまった。こんなことを云うつもりではなかったのだが、ヘタな噺し家は、これだからこまる。高座で喋りながら逆上するようでは芸術家の資格がないと心得ていても、税務署に話がふれると、目がくらむのである。

終戦後、東京いたるところの駅前にマーケットができて、カストリをのませる。よってへべレケに酔っ払う人種があつまり、パンパンとアロハのアンチャンがたむろする。マーケットというところは元々売買取引するところだが、終戦後は、ここで女を買うことも間に合うし、顔を貸りられて身ぐるみまきあげる取引もあり、一つとして足りない取引がなく、みんなここで間に合うこととなった。

私は同じ地点で二度スリにやられたが、身ぐるみはがれたことはない。一度、当時はまだ銀座が殆（ほとん）ど復興していなかったが、私が焼跡へでて小便していると（マーケットに便所はないです）左右からサッと二人の怪漢が近より、無言のままサッと胸のポケットに手をさしいれて引きぬいて、サッと消えた。私が用を終って振りむいた時には、人の姿はどこにもなかった。

手際の良さ、水ぎわ立った奴らだと感服したのだが、彼らは失敗したのである。私の小便の終らぬうちにと、彼らは急いでいるから、サッとポケットの物をひきぬくと改めもせず掻き消えたが、怪漢の一人はチリ紙をぬきとり、一人は鎌倉文庫手帳というものをぬきとったにすぎないのである。こういう教訓を書き加えるのは、芸術家として切ないのだが、手際がよすぎるということもいけないのである。

私がマーケットに於て被害をうけたのは、以上だけで、常連としては極めて微々たる被害だが、一人で飲むということが殆どなかったせいかも知れない。

どこのマーケットでもアンチャンあるところ身の安全は期しがたいが、特に新宿のマーケットはカストリ組の危険地帯随一と目されている。

しかし、新宿は戦争前にも、東京随一のアンチャン地帯であり、酔ッ払いの危険地帯であった。

私が中学生のころは浅草がひどかったが、震災後、親分連が自粛して、浅草の浄化運動というようなものを自発的に、又、警察と協力的にやりだしたので、私が東京の盛り場をノンダクレてまわる頃には、浅草は安全な飲み場の一つであった。

いつまでもアンチャン連が棲息横行していた盛り場は、新宿が筆頭で、私もずいぶん、やられたものだ。当時、ここでひとりで深夜まで飲むことが多かったからだ。しかし、深夜には、たいがいバーでのんでいるから、バーのマダムや姐(ねえ)さん方は正義派で、お客をまもってくれるという良俗があり、新宿で本当にタカラれたこともなく、血の雨を降らしたこともない。新宿のヨタ公は、戦争がタケナワとなり、飲み屋がなくなるまで、残っていた。

しかし、盛り場ではないから一般には知られていないが、戦争前に私がズッと住んでいた蒲田はもっとひどかった。

中央線沿線は書生群のアパート地帯だが、当時の蒲田は安サラリーマンと銀座勤めの女給のアパート地帯で、アパートの女給は男をつれこみ、酒場や料理屋の女はまったくパンパンで、公然と許されてはいなかったが、今日の裏街といえどもこれ以上ではないのである。もっとも、銀座もひどかった。

当時はコップ酒屋がどこにもあったが、蒲田は安サラリーマンと労働者の街だから、夕方になるとコップ酒屋がドッとあふれる。大は四五十人つまるところから、小は四五人で満員の十銭スタンドに至るまで、お客は主として四十歳以上の、その日稼ぎの勤労者である。

蒲田のヨタモノはこの連中をタカるのだから悪質であった。

どんな風にタカルかというと、ヨボヨボの労務者が一人、又は二三人でのんでる横へ、ドッカと坐ってのみだす。やがて話しかけて（話しかけないことも多いが）

「このオジサンに一杯」

といって、一杯酒をとりよせて、まア飲みねえ、うけてくんな、と押しつける。うけなければ、なぜうけないとインネンをつけるし、うければ、なぜ返さぬ、とインネンをつける。返せば、又一杯押しつけて、返させる。途中に帰ろうとすれば、なぜ帰るとインネンをつける。見込んだら、放さない。

洋服のサラリーマンよりも労務者にタカルことが多かったが、一見乞食のような服装の老いたる労務者や馬力人夫などが、最もタカラれ、結局その方が確実にイクラカになる理由があってのことだろう。

こんなタカリは毎晩一パイ飲み屋の何軒かで見られたものだが、店の主人も店員も客のためになんの処置もしてやらない。こういう時には男手のないバーなどの方がはるかにシッカリしているもので、マダムとか、ちょッと世なれた女給たちはヨタモノを退散させてくれるものだ。歴とした店構えの酒屋などの主人に限って、後難を怖れて、客のために何の処置もしてくれない。又、四五十人もいるお客は顔をそむけて素知らぬフリでのんでいる。うっかりそッちを向いてもインネンをつけられる怖れがあるからで、事実ヨタモノはヨボヨボのジイサンなどをひどくイジメて、正直者がとりなしてくるのを待ち構えてもいるのである。

私もここでは五人相手に大乱闘やったことがある。酔っていたから、ずいぶんブン殴られた。なんべんノビたか分らないが、ノビた数だけ突如として起き上ってとびかかって、いつまでも終りがないので、五人の親分というのが留めにきてくれた。翌日鬼瓦のように青黒くはれた顔をしているところへ、中原中也が遊びにきて、手を打って喜び、二三時間ぐらい（つまり彼の酒場へ通う時刻がくるまで）アレコレと腫れた顔の批評をして帰っていったが、私は怒ることも笑うことも喋ることもできなかった。顔の筋をうごかすことができなかったのである。しかし一つの腫れた無言の顔を相手に三時間もアレコレと意地の悪い批評の言葉がつづくところはアッパレ詩人というべきであろう。この時以来、私の鼻と口の間の筋が一本吊って、時々グアイがわるい。

当時の蒲田のヨタモノは二種類あって、一つは並のヨタモノであるが、一つは大船へ引越した松竹撮影所が蒲田へ置きすてていった大部屋の残党だ。

私のアパートの隣室が彼らの巣で、主として自分らの情婦をつかってツツモタセの相談をやってる。それが筒抜けにきこえる。いよいよ最後の仕上げに総勢出動のあわただしい音も、ガイセンの音も、祝盃の音も、みんなきこえて、最後に殊勲の女を情夫が愛撫する音まできこえ、首尾一貫、居ながらにして、現代劇を味っているようであった。そのツツモタセのたかってくる金が三円か五円ぐらいで、いちど十円の収穫があったとき、女が、十円札だわねえ、はじめてだわ、とシミジミ云っているのがきこえ、変に悲しい思いにさせられたものである。パンパン時代の今日の方が、むしろ女の肉体の価が高い。当時は蔭で身を売る女の数が今よりも多く、ハッキリ旗印しをあげることができなかったから、タダであったり、チップであったり、要するに値段がなかった。今のパンパンは収入の点では昔日の比ではないのである。

新宿は蒲田ほど露骨ではなかったが、盛り場としては、戦前から最も柄の悪いところであった。

しかし戦後の新宿はたしかにひどい。今は伊東に住んでいるから新宿へ行くこともないが、以前はよく行った。古い友人のやってる「チトセ」という店は屋外劇場の方で、ここはアンチャン連の居ない地域であるが、今は取り払われてなくなった和田組のマコの店、ここへ行くと、すさまじかった。

しかし酔っ払って帰る時はいつもマコが駅まで送ってくれたから無事であったが、さもないと、どうなるか分らない。マコはナジミの客はみんな駅まで送ってやっていたから、私の友人はここであんまり被害をうけなかったようだが、しかし編輯(へんしゅう)者などで、ここのマーケットで裸にされたというようなのは相当数いるのである。

そういうのは前後不覚に酔って、いつやられたか当人も知らない場合が多く、私がこのマーケットへ飲みに行っていたころも、入口出口の要所の店には、帰り客の酔態を監視している何人づれかのアンチャンが必ずタムロしていたものである。

このマーケットは取り払われたが、その四囲のマーケットは残っており、アンチャン連の存在は今もって変りがない。

人間が何千年の時間をかけて社会秩序というものを組みたてても、ひとたび我々の直面した敗戦焼跡の如きものがあって、無政府状態が訪れた際には、歴史は逆転して同じフリダシへ戻ってしまう。曰(いわ)く、暗黒時代である。

盛り場を縄張りとする愚連隊が、無政府状態の敗戦直後に先(ま)ず縄張りの復興にのりだしたのは自然であるが、これを正規の復興に利用し、政党費までこの連中の新円に依存しようという量見を起した政党の無定見、一時しのぎのさもしい根性、未来の設計に対する確たる見透しや理想の欠如というものは、ひどすぎた。

歴史に徴しても、無能な政府というものは、主として一時しのぎのさもしい量見で失敗しているものだ。

自分の政敵を倒すために他人の武力をかりて、かえって武力に天下をさらわれてしまう。平安貴族の没落、平家の天下も、源氏の天下も、南朝の悲劇も、無為無能の政府が一時しのぎに人のフンドシを当にしたせいだ。

敗戦後のいくつかの政府は、歴史上最も無能な政府の標本に属するものであったが、占領軍の指導で大過なきを得たのであった。

歴史をくりかえすのはバカのやることだ。歴史は過ちをくりかえさぬために学ぶ必要があるのである。

数年前からボス撃滅を叫びながら、今もって各地はボスの勢力下にあり、劫々(なかなか)もって撃滅どころの段ではない。代議士、府県会議員、市町村議員にも多数のボスが登場しているし、ボスでない議員もボス化し、困ったことには役人官僚もボス化しているから、盛り場のチンピラ・アンチャンなどは、まだまだ可愛い方だと云わなければならない。

私は一九五〇年四月十五日という土曜日に、許可を得て、新宿駅前の交番に立番し、つづいて上野公園の西郷さんの銅像下の交番に詰め、お巡りさんの案内で、上野の杜(もり)の夜景を見せてもらった。

新宿の方は殆ど驚かなかった。なぜなら、我々が酔っ払った場合、又は酔っ払った周囲に於て有りがちなことが、ドッとまとめて起っていたにすぎないからである。

しかし天下名題(なだい)の新宿だけあって、交番の忙しいこと、その半分は酔っ払いの介抱役で、死んだように酔っ払って交番へかつぎこまれ、何をされても目をさまさずコンコンとねむりつづけているのがいる。何を飲んでこんな風になるのだか、その昏酔状態というものは尋常一様のものではない。二十二歳の新調のギャバジンの背広をキチンときたサラリーマンだった。介抱窃盗現れるのもムリがない。介抱窃盗というのは、介抱するフリをして身ぐるみ持ってくのを云うのだそうで、新宿のマーケットでは酔っ払いが主としてこの被害を蒙(こうむ)るのである。

もっとも、これには非常にまぎらわしい場合がある。グデングデンに酔って知らない酒場へひきずりこまれる。ひきずりこまれるというのは客ひきの女給が街頭に無数に出ていてタックルするからだ。勘定が足りなくて、時計や上着をカタにとられて追いだされる。

酔っ払い先生がこれを自覚していれば良いのだが、ふと気がついて、所持品や時計や上着のないことにだけ気づいた場合がヤッカイで、介抱窃盗にやられたのだか、勘定のカタにとられたのだか、本人が分らないからヤッカイである。

こんなのがきた。

酔っ払っているのは四十五六のどこかの課長さんだ。これを交番へひきずりこんだのは喫茶店のマダムで、年は三十二だと云ったが大柄で、骨が太く、顔にケンがあり、噛みつかれそうな偉丈夫だ。男は痩せて小さくて、女丈夫に腕をとられて、文字通りひきずりこまれてきたのである。マダムも酔っていた。そして一人の女給をつれていた。

「無銭飲食です。勘定をとって下さい」

と、すごい見幕でつきだした。

その勘定というのがタッタ百円なのである。女給が街頭に出張していると、男が酔っ払って通りかかったのでタックルした。もうお酒はのみたくないというので、女給がすすめて牛乳二杯とらせた。男が一杯、女給が一杯。それが百円である。

「一杯五十円の、二杯ね。お砂糖入り牛乳ですよ。だから、五十円」

女丈夫はお砂糖入りをくりかえし強調した。

男はカバンを持っていたのである。勘定を払う段に、カバンが失くなっているのに気がついた。いくらか酔いがさめかけたのである。しかしまだ全然呂律がまわらない。

「カバンが失くなったから払えない。払わんとはいわん。ぼくはこういう者です」

男は名刺をとりだしたが、ヨロけてフラフラ、ウイッといって前へのめりそうになったり、今喋っていることを明朝覚えているとは思われない。

お巡りさんは名刺と定期券を合せて調べたが、たしかに本人の名刺だ。

けれども女丈夫は承知しない。所持金がないと知りながら、今すぐ払えという激越な口吻だ。つまり上着か何かカタにとりたてるコンタンらしい。巡査も呆れて、

「たった百円のことじゃないか」

と叱りつけたが、女はひるむどころか、

「じゃ、明日の何時に交番の前で払うと、お巡りさんが証人になって、責任をもって下さい」

と図々しいことを言いだした。勝手に責任を押しつけられてはお巡りさんも堪らないから、

「名刺を貰ってるんだから、信用したら、どうかね。ニセの名刺じゃないことが証明ずみなんだから。こちらの方も悪意があるわけじゃない。酔っ払ってカバンを失くしたために払えないことがハッキリしとるじゃないか」

「イエ、ぼく必ず払う。明日の朝七時。ここで払う」

と男は胸をそらして威張ったが、呂律がまわらず、ヨロメキつづけている。今の約束も明朝忘れているだろう。

女もこれ以上ガン張るのは不利と見たらしく、

「たった百円ですからね。よろしい。この人を信用しましょう。私は信用してひきとりますから、この人のカバンを探してあげて下さい」

そう云ったから帰るかと思うとそうでもない。帰りそうにしては、険しい顔をキッと押し立てて、

「この名刺を信用して、ひきとりますが、この人のカバンを探してあげて下さい。たのみますよ」

今度は男のカバンを探してくれということをシツコク言いだして、いかにもそれも押しつけるように、たのみますよ、とくりかえす。

その執拗さに巡査も腹を立てて、

「君のカバンでもないのに、何をしつこく頼むことがあるか。君に頼まれなくとも、我々はそれが職務だから、余計な世話をやかずに、用がすんだら、ひきとりたまえ」

「カバンを失くして気の毒だからさ。じゃ、百円、あすここへ届けて下さい」

と悍馬(かんば)のような鼻息で、女はひきあげた。

ところが、それから二三十分すると、交番の四五間横の駅の玄関の柱に、女が何か大事そうに抱えて、交番の巡査にこれ見よがしにたたずんでいるのである。

そのフロシキ包みは、ちょうどカバンぐらいの大きさだ。むろんカバンのはずはないが、いかにも疑ってくれという様子で、あまりにシツコく、また、憎々しいやり方である。

巡査もいまいましがって、女を交番の奥へつれこみ、フロシキの中をしらべると、案にたがわずカバンではない。しかし一計を案出して、

「あのお客がだね。カバンを君の店で失くした、君の店まではたしかにカバンを持って行ったと言ってる。君を疑るわけではないが、相手が酔っ払いでも、君の店で失くしたらしいと云う以上、一応君の店を調べなければならないから、案内してくれたまえ。君を疑ってるわけじゃないから悪く思うなよ」

と、このお巡りさん、年は若いが、なかなか言い方が巧妙である。

「ええ、ええ。そうでしょうとも。あの人がそう云う以上は、調べをうけるのが当然ですよ」

と、女はまるでそれを待っていたようである。

きいてる私は、なんとも不快だ。この女は全部筋書を立ててやってるのである。巡査は女に案内させて調べに行ったが、もとよりカバンのあるはずはなかった。

巡査は男が女の店へカバンを忘れたと云ってると云ったが、これは巡査のとッさの方便で、男はすべてを記憶していないのだ。どこで飲んだかも覚えていない。あの女の店で酒をのんだ、と云ったりする。牛乳じゃないのか、ときくと、フシギそうに考えこんでしまう。そこでも酒

をのみ、そこを出てからよそでも飲み、又戻ってきて牛乳をのんだのかも知れないし、しかし男の記憶は茫漠として全く失われているようである。

客が前後不覚とみてカバンをまきあげ、それをカモフラージュするために、百円の無銭飲食だといって交番へつきだしたのかも知れないし、カバンを盗んだように疑われそうだから交番へつきだしたのかも知れない。状況だけでは、どうにも判断がつかないし、つけるわけにもいかない。

しかし女の態度はいかにも憎たらしいし、作為的だ。そして男のカバンにこだわりすぎる。私が見ていた感じからいうと、女が犯人だとは云いきれないが、犯人の素質は充分にあることだけは確かである。世間にザラに見かける女ではない。

こういう奇怪な人物が酒場を経営し、女給に命じてお客をタックルさせ、前後不覚の客に飲み物を押しつけて売るというのが、新宿の公然たる性格なのだから穏かではない。

タックルしてくる客がお金があろうがなかろうが構わない。むしろお金のない方がいいらしいようでもある。金のカタにとれそうな外套や時計やカバンなど持ってればOKというわけだ。

どの店なのか定かに記憶のない仁もあろうし、盗られたのか、忘れたのか、カタにおいてきたのか前後不覚の仁もあろうし、外套やカバンならお金を工面して取り返しに行くだろうが、時計などだとそれなりにしてしまう。ビール一本か二本の話で、バカげた話だけれども、酔っ払いというものは身からでた錆、災難とアキラメル精神の持主でもあるから、酔ってモウケた話などはないものだ。損するものと心得て、合の手に禁酒宣言などやってみるが、性こりもないものだ。

介抱窃盗というのは明かに犯罪にきまっているが、前後不覚のお客をさそいこんで飲み物を押しつけて所持品衣類をカタにとりあげる。山賊とか安達ヶ原の婆アかなんかが宿屋を内職にしてそんなことをやってるワケじゃなくて、帝都の裏玄関、レッキとした新宿の駅前マーケットの公然たる性格だから、東京にはジャングルがあるのである。

しかしジャングルにはスリルがある。虎や狼こわくはない、というのはカンカン娘だけではなくて、酔っ払いは虎や狼にも会いたがる。安達ヶ原を承知の上で乗りこむのだから、身ぐるみはがれたってテメエが悪いんだ、なるほど、そうか。しかし、ねえ。そんなことを云うと、酔っ払いが悪くて、介抱窃盗が良いみたいじゃないか。どっちも悪いや。ア、そうか。

酔っ払いというものは、介抱窃盗にやられても、天を恨まず、人を恨まず、自粛自戒して、三日間ぐらいずつ禁酒宣言などというものをやる。まことに深く逞しき内省自粛精神と、ひきつづいて忘却精神と、猛然たる勇気と、いろいろの美徳をかねそなえ、あげて税金に奉仕している人種である。

わが身を考えると、よその酔っ払いを悪く云うわけにはいかないが、交番の中から眺めていると、酔っ払いというものは世話のやけるもんだね。

交番の巡査を選んで、話しこみにくる酔っ払いがいる。交番の七八間うしろの道にはパンパンが林立しているし、あらゆる店には女給があぶれて話しかけてくれるのを待っているのに、そういうところには目もくれず、交番の巡査のところへ話しこみにくる。交番にもたれてタバコをくわえて、ニヤニヤと、ねえ君ィ、などと三十分もうごかない。アッパレな酔っ払いがいるものだ。なるほど交番へ遊びにくるのが一番安全には相違ない。

酔っ払いの無銭飲食を引ッたててきた酒場のマダムもその傾きがあるが、交番へ人を引ッたててくる人の中には、引ったててくる人物の方がいかがわしい場合が少くないから面白い。交番をめぐる神経、心理というものは微妙にこんがらがったもので、悪党に限って、人を交番へ引ったてたくなるのかも知れん。

二人のアロハのアンチャン、もっともアロハをきているわけではない、リュウとしたニュウルックのダブル、赤ネクタイの二人づれ。酔っ払った労働者をひッたてて交番へのりこんだ。終電に近いころだ。

「切符を買おうとしていたら、こいつがね、酔っ払ってよろけるフリして、ポケットへ手をつッこみやがってね。ほれ、ここにこれが見えるからね。ふてえスリだ」

腰のポケットに何やら買物包みらしいものがのぞけてみえるが、酔っ払ってヒョロヒョロと

足もとも定まらないようなスリがあるものか。酔っ払いは怒って、

「なに云ってやんでい。よろけて、さわったら、インネンつけやがって」

「なに！」

アロハのアンチャン、交番の中でサッと上着をぬごうとする。

「ヘエ、ヘエ、すみません」

酔っ払いはわざとペコリとオジギして、呂律のまわらぬ舌で、昔どこかで覚えたらしい仁儀のマネゴトをきった。

「スリの現行犯だから、ブチこんどくれ」

とアンチャン連、凄い目をギロリとむいて、終電に心せかれるのか、さッと行ってしまった。酔っ払いがすぐ釈放されたのは言うまでもない。

なんのために交番へひッたててきたのか、このへんのところはマカ不思議で、わけが分らない。アンチャン方も、何が何やら無意識に、ただもうアロハ的本能で行動していらッしゃるのかも知れない。サッと上着をぬぎかけたり、サッと逃げたり、アロハ本能というもので、相手が一文にもならなかったり、その場に限って自分に弱味がなかったりすると、相手を交番にひッたてたくなるというアロハ本能があるのかも知れない。

交番へ借金にきた変り種もあった。

さしだした名刺をみると、京橋の何々会社の取締役社長とある。なるほど、しかるべきミナリ、四十ぐらいの苦味走った伊達男（だておとこ）である。

この先生はいくらかのアルコールがまわって心浮き浮きしているらしいが、言葉も足腰もシッカリして、酔態は見られない。この先生の出現は、時に深夜一時、終電もなくなり、さすがの新宿駅前もまさに人影がとだえようとしている時刻だ。

「実はね。私は新宿ははじめてなんです。かねて聞き及ぶ新宿で飲んでみようと思いましてね、そんなワケで、この土地にナジミの飲み屋がないでしょう。お勘定が千円なんですが、私は現金は八百円しか持ち合せがない。しかし今日集金した三万円の小切手があるから、これでツリをくれと云ったら、ツリはやれん、小切手はこまる、現金でなくちゃいかんと云うんです。冗談じゃない。この小切手は横線じゃない、銀行さえ開いてりゃ、誰がいつでも現金に換えられる小切手でさアね。ほら、ごらんなさい」

男は三万円の小切手をとりだしてみせた。私は小切手のことは皆目知らないが、不渡りかどうか、交番で鑑定のつく品物ではなさそうだ。しかし伊達男は苦味走った笑みをたたえて悠々たるもの。

「小切手じゃアどうしてもいけないてんだから弱りましたよ。持ち合せが八百円しかないんだから二百円貸しとけ、と言ったら、それもいけない。ナジミじゃないんだから、耳をそろえて千円払えてんですよ」

「それはなんて店ですか」

「さア、なんてんだか」

男は口ごもっている。巡査はフシギがって、

「今ごろ、まだ営業してるんですか。なんて店ですか。店の者をつれてらッしゃい」

「それがねえ、じゃア交番へ行って話をつけようと云ったら、交番はいけない、とこう云うんです。あんた一人で行ってこい、とこう云うんですよ。交番はイヤだてえんですよ。どうも仕様がありませんや」

「何か品物を置いてッたら」

「ハア。品物をおくんですか」

「品物はおいてないのですね」

「ええ、おいてやしません」

男はビックリしている。新宿の性格を知らないらしい。

男はやがてポケットから百円札八枚とりだした。

「ホラね。ここに八百円、私の持ち合せ全部ですよ。すみませんが、二百円かして下さいな」

妙な話になってきた。全然ツジツマが合わんじゃないか。

小切手は信用できんという。ナジミじゃないから、二百円貸すわけにはいかん。たった二百円まけてもくれず、貸してもくれないほど信用しとらん客を、品物どころか、八百円も小切手も預らずに、お供もつけずに外へ出すとはおかしいじゃないか。

この先生にしたって、本当に勘定を払う気持があるなら、このまま家へ帰って、明朝返しにくるがいい。交番へ二百円かりにくることはありやしない。

男はしかしそんな不合理は意に介していないらしい。小切手を交番の机の上へおいて、

「ね。小切手をお預けしますよ。明朝銀行が開きさえすりゃ現金になるんですから、現金にかえてお返ししますよ。これをカタに二百円たてかえて下さい」

「交番では、そういうことをするわけにいきません」

「なに、あなた個人的に一時たてかえて下さいな。小切手をお預けしますから」

「お金はお貸しできませんが、勘定の話はつけてあげますから、店の者をつれてきて下さい」

「それが交番はイヤだてえんで、こまったな。いいじゃないですか。二百円かして下さいな。この小切手お預けしますよ。交番だから信用してお預けするんですよ」

「とにかく店の者をつれてらッしゃい。二百円は店の貸しにするように、話をつけてあげますよ」

「そうですか。困ったなア。来てくれりゃ、いいんですが、来ないんですよ」

「じゃア何か品物をカタにおいてお帰りになったらいかがです」

「そうですなア。じゃア、そうしましょう」

男はようやくあきらめた。そして二幸の横の露路（ろじ）へ大変な慌ただしさで駈けこんでしまった。私は思わずふきだした。

言うまでもなく、みんな嘘にきまっている。露路の奥には恐らくパンパンが待っていたに相違ない。パンパンを拾ったら、千円だという。ところが八百円しか持ち合せがない。しかしパンパンは負けてくれない。小切手を見せてもダメだ。そこでパンパンを待たせておいて交番へ二百円かりにきたわけだ。二百円かりて小切手を預ける。これぐらい安全な保管所はない。一石二鳥というものだ。すでに飲んだ酒の勘定なら、八百円の有り金まで持たせたまま、お供もつけずに外へ出すはずがないじゃないか。

慌ただしく駈けこんだまま再び姿を見せなかったところをみると、八百円でパンパンを説得するのに成功したのだろう。

路上でねているのを拾われてきた酔っ払いが交番の前にねせてある。小便は垂れ流し、上半身はヘドまみれ、つまり上下ともに汚物まみれで、これなら介抱窃盗も鼻をつまんで近よらないだろう。とても交番の中へ入れられないので、前の路上へねせておくわけだ。まったく昏酔状態で、いつ目覚めるとも分らない。

ちょッとした交通事故が一件あったほかは、私たちがこの交番で接したのは、もっぱら酔っ払い旋風であった。応接いとまなしであった。

田川博一が私の横で深刻そうに腕ぐみして呟いた。

「もう、新宿じゃア、のまん」

悲愴な顔だが、禁酒宣言というものは三日の寿命しかないものだ。

さて、いよいよ上野ジャングル探検記を語る順がまわってきた。四月十五日に探検して、それから一週間もすぎて、まだこの原稿にかかっているにはワケがある。

私も上野ジャングルには茫然自失した。私がメンメンとわが不良の生涯を御披露に及んだのも、かかる不良なる人物すらも茫々然と自ら失う上野ジャングルを無言のうちに納得していただこうというコンタンだった。

上野ジャングルに於て、私が目で見、耳できいた風物や言語音響を、いかに表現すべきかに迷ったのである。読者に不快、不潔感を与えずに表現しうるであろうか。そッくり書くと気の弱い読者は嘔吐感を催してねこんでしまうかも知れんが、その先に雑誌が発売禁止になってしまうよ。

新宿交番が酔っ払い事件の応接にイトマなく、ただもうムヤミに忙しいのにくらべると、上野の杜の交番は四辺シンカンとしてシジマにみち、訪う人もなく、全然ノンビリしている。ノンビリせざるを得んのである。一足クラヤミの外へでて、ヤミに向って光をてらすと、百鬼夜行、ジャングル満山百鬼のウゴメキにみちている。処置がない。

新宿は喧噪にみち、時に血まみれ事件が起っても、万人が酔えば自らも覚えのある世界であり、事件であって、我々自身の生活から距離のあるものではない。いつ我々が同じ事件にまきこまれるか知れないという心細さを感じるのである。

上野は異国だ、我々が棲み生活する国から甚大の距離がある。何千里あるか知れないが、そこは完全な異国なのだ。

天下の弥次馬をもって任じる私が、終戦以来一度も上野を訪れたことがないとはフシギだが、しかし私が見た上野はブラリとでかけて見聞できる上野ではない。ピストルをもった警官が案内してくれなければ、踏みこむことのできないジャングルなのである。

私は上野を思うたびに、いつも思いだす人物があった。

むかし、銀座裏に千代梅という飲み屋があった。ここにヤマさんという美少年の居候がいた。年は十八。左団次のお弟子の女形で、オヤマという言葉からヤマさんと愛称されていたが、水もしたたるような美少年だ。当人は自分を女優という。私は女優です、と云うのである。男の服装はしているが、心はまったく女であった。

私はこのヤマさんに惚れられて、三年間、執念深くつきまとわれた。私は錯倒した性慾には無縁で、つきまとわれて困るばかりだ。

しかしヤマさんという人物は実に愛すべき美徳をそなえ、歌舞伎という古い伝統の中で躾けられてきたのだから、義理人情にあつく、タシナミ深く、かりそめにもハシタないフルマイを見せない。

私につきまとうにしても、歌舞伎の舞台の娘が一途に男をしたうと同じ有様で、思いつめているばかり、踊りや長唄などの稽古にかこつけて私を訪れて、キチンと坐って、芸道の話をしたり、きいたり、しかし時には深夜二時三時に自動車でのりつけて、私が出てみると、ただ悄然とうなだれていたりして、こういう時には困ったものだ。そんな時には、ずいぶんジャケンに叱りつけたり、追い返したり、時には私が酔っていて、ひどいイタズラをしたこともあった。

深夜にやってきて、どうしても私から離れないから、男色癖のある九州男児をよびむかえ、私はソッとぬけだして青楼へ走ってしまった。そこから電話をかけてみると、ヤマさん受話器にしがみついて、殺されそうです、助けに来て下さい、まったく悪いイタズラをしたものだ。

世の荒波にジッとたえて高貴な魂を失うことなく、千代梅の内儀に対しては忠義一途、人々に親切で思いやり深く、人柄としては世に稀れな少年だった。学問はなかったが、歌舞伎の芸できたえた教養があった。

その後私が東京を去り、そのまま音信が絶えていたが、終戦二年目、私が小説を発表し住所が知れると、一通の手紙をもらった。

戦争中は自分のようなものまで徴用されてセンバン機などにとりつき、指も節くれてしまったが、それでもお国につくすことができたと満足している。今は誰それの一座におり、何々劇場に出演しているから、ぜひきていただきたい、と、なつかしさに溢れたっているような文面であった。

一度劇場へ訪ねてみようと思いながら、それなりになっていた。

そのうち、上野の杜だの男娼だのと騒がれるようになり、それにつけて思われるのはヤマさんだ。歌舞伎の下ッ端は元々生活が苦しかったものだが、終戦後は別して歌舞伎の経営不振で、お給金はタダのようなものだという。とても暮しがたたないとすれば、ほかに生活力のないヤマさんが自然やりそうなことは思いやられるのである。上野の杜のナンバーワン女形出身などというと彼ではないかと気にかかり、男娼の写真がでているなどときくと、わざわざ雑誌をかりたり取りよせたり、その中に彼がいないかと気がかりのせいなのである。彼の美貌というものは、当今騒がれている男娼ナンバーワンどころのものではなかった。水もしたたる色若衆であったのである。

私は上野というとヤマさんを聯想(れんそう)する習慣だったが、実地に見た上野ジャングルというものは、なんと、なんと、水もしたたるヤマさんと相去ること何千万里、ここはまったく異国なのである。

公園入口に百人ぐらいの人たちがむれている。男娼とパンパンだ。そんなところは、なんでもない。上野ジャングルはそんなところにはないのである。

山下から都電が岐(わか)れて、一本は池の方へまがろうとするところに共同便所がある。

「あの便所がカキ屋の仕事場なんですよ」

と私服の下にピストルを忍ばせた警官が指す。

「カキ屋？」

「つまり、masturbation をかかせるという指の商売、お客は主として中年以上の男です。この人がと思うような高位高官がくるものですよ。つかまえてみますとね、パンパンを買う常連の中にも、社会的地位のある人がかなりまぎれこんでいるんですよ」

私たちは共同便所へとすすんだ。二十米ぐらいまでくると、シャガレ声で、

「カリコミイ――」

と呻(うめ)く声。

巡査はパッと駈け寄って、懐中電燈一閃。カキ屋を捕えるためでなく、現場を我々に見せてくれるためだ。

しかしカリコミを察知されたのが早かったので、便所の入口へ駈けつけた巡査が、懐中電燈で中を照しだした時には、七人の男がクモの子を散すように、逃げでる時であった。一瞬にして八方へ散る。ヨレヨレの国民服みたいなものをきた五十すぎのジイサン。三十五六の兵隊風の男。等々。いずれも街頭でクツをみがいているような人たちだが、共同便所の暗闇の中で、泥グツをみがくにふさわしい彼らの手で、一物をみがいてもらう趣味家はどんな人々なのか、まるで想像もつかない。

「カキ屋の料金は五十円です」

と、お巡りさんは教えてくれた。

田川君と徳田潤君がつきそってくれたが、徳田君は社の帰りに一度は上野にたちよってちょッとぶらついてみないと心が充ち足りないという上野通であったが、かほどの通人にして、カキ屋の存在を知らなかった。つまり、公園入口にぶらぶらむれている百人あまりの男娼パンパンがいわゆる一般人士に名の知れたノガミで、共同便所から池の端の都電に沿うた一帯の暗黒地帯は、ピストルの護衛がないと、とても常人は踏みこめない。通人もふみこめない。ただイノチがけの大趣味家だけが、ふみこむのである。

私はみなさんをそこへ御案内するわけだが、ピストルの護衛づきでも足がすくんだ。まア、しかし、可憐なところから、お話しよう。

私たちを案内してくれた警官は天才的なほどカンの鋭い人だった。彼の五感はとぎすまされているようだ。私がまだ何の予感もないのに、彼がにわかにクラヤミの一点をパッとてらしだす。そこに確実に現場が展開されているのである。彼が失敗したのはカキ屋のときだけだった。彼はすれちがう女をてらしだした。ズックのカバンを肩にかけている。彼は無言で、カバンの中をあけさせた。

「この女はオシなんです。上野にはオシのパンパンが十二名いるのです」

まるみのある顔、いかにもノンビリ、明るい顔だ。クッタクのない笑声。口と耳がダメなんだということを自分の指でさして示した。小ザッパリしたワンピース。清潔な感じである。カバンの中にはキチンと折りたたんだ何枚かの新しいタオル。紙。ハミガキ類がキレイに整頓してつめられている。ビタミンBの売薬と、サックがはいっている。

上野が安住の地なのだ。ほかに生活の仕様がないのに相違ない。キレイ好きで整頓ずきの彼女は、しかしノンビリと、汚濁の上野に身をまかせている。ほかのパンパン男娼はむれていたが、彼女は一人で、まっくらなヒッソリしたジャングルのペーヴメントを歩いていた。まるでお嬢さんが一人ぽっちで銀座を歩いているように。巡査が懐中電燈を消すと、彼女はふりむいて、コツコツと静かな跫音（あしおと）で歩き去った。

巡査はサッと身をひるがえして植え込みの中へ駈けこんだ。間髪をいれず我々が追う。サッと懐中電燈がてらしたところ、塀際で、男女が立って仕事をしている。光が消えた。この巡査は思いやりがあるのだ。カリコミではないから、女に逃げる余裕を与えているのだ。女は塀の向うへ逃げ去った。男は狐につままれたような顔でズボンのボタンをはめ忘れてボンヤリ立っている。

「いくらで買ったか？」

「二百円」

「よし、行けよ。ズボンのボタンをはめるぐらい、忘れるな」

男が去った。すると、もう一人、義足の男がそれにつづいて、コツンコツンと義足の音を鳴らしながら立ち去って行く。どこにいたのだろう。そして、どういう男だろう。光で照らされた輪の中には、この男の姿は見えなかったのである。

巡査はそれには目もくれず、足もとの地上をてらして見せた。ルイルイたる紙屑。

「戦場の跡ですよ」

立ったまま仕事するほどの慌ただしさでも、紙は使うとみえる。五十ぐらい紙屑がちらかり、それがみんな真新しい。この一夜のものだ。クツでふむ勇気もなかった。

尚（なお）もクラヤミのペーヴメントを歩いて行くと、歩道に二三十人の男女が立っているところがある。その三分の二はパンパンだが、男もまじっていて、お客でもなければ、男娼でもない。

この道ぞいに掘立小屋をつくっている人たちで、パンパンの営業とある種の利害関係をもっている人種だ。

巡査はその人群れの隅ッこで立ち停ったが群れに目をつけているのではなく、何か奥のクラヤミをうかがっている様子である。

私たちも仕方がないから立ち止る。場所が悪いや。入れ代り立ち代りパンパンがさそいにくるし、みんな見ているし、薄気味わるいこと夥しい。たたずむこと、三四分。

警官身をひるがえしてクラヤミへかけこむ。我々もひとかたまりに、それにつづく。

我々の眼の前に懐中電燈の光の輪がパッとうつッた。掘立小屋だ。一坪もない小屋。天井も四辺もムシロなのだ。地面へジカにムシロをしいて、それが畳の代りである。

ムシロの上に毛布一枚。そこに一対の男女がまさしく仕事の最中であった。仕事のかたわらに五ツぐらいの女の子がねむりこけている。

私がそれを見たのを見届けると、警官は光を消して、

「男は立ち去ってよろし。女は仕度して出てこい」

男がゴソゴソと這いだして去る。ちょッと又光でてらすと、女がズロースをはいたところだ。女はワンピースの服、ストッキングもそのまま、ズロースだけとって仕事していたのである。

小屋の外のクラヤミに三十五六の女が茫然と立っている。田舎者じみた人の良さそうな女だ。

赤ん坊をだいでいる。この女が掘立小屋の主なのである。仕事の横でねていたのはこの女の子供。だいているのはパンパンの子供。仕事中預ったのだ。一仕事につき五十円の間代。ムシロづくりの掘立小屋の住人は、パンパンから相当の小屋貸し料をかせいで、それで生活しているのである。

天井もムシロだから雨が降ったら困るだろうと思ったが、葉の繁った樹木の下につくるから、それほどでもないということであった。

でてきたパンパンは子供をだきとって、

「かんべんして下さいな。生活できないから、仕方ないんです。まだ、こんなこと、はじめたばかりなんです」

「嘘つけ。三年前から居るじゃないか」

「ええ、駅のあっち側でアオカンやってたけど、悪いと思ってね、よしたんです。そして、たかッてたんです。だけど、子供が生れたでしょう。タカリじゃ暮せないから、仕方なしに、やるようになったんですよ」

たかッていた、というのは、モライをしていたという意味だ。光の中で見ると、二十三四、美人じゃないが、素直らしい女で、痛々しい感じだ。

アオカンだの、植え込みの蔭で立ったままだの良くても掘立小屋という柄の悪いこと随一の上野だが、それだけに、ここのパンパンはグズで素直で人が好くて、三日やるとやめられないという乞食のようにノンビリしたところがあるのかも知れない。

「今日だけはカンベンして下さい。まだお金ももらわなかったんです」

「よし、よし。今日はカンベンしてやる。しかし、な」

巡査は私に目顔で何かききたいことがあったらと知らせたが、私はききたいこともなかった。私たちがそこを離れると、二十人ぐらいの群が私たちをとりまいて、グルグル廻りながら一しょに歩いてくる。

さては、来たな、と私はスワと云えば囲みを破って逃げる要心していると、いつのまにか囲みがとけて、彼らは、私たちから離れていた。

弁天様の前の公園へでる。洋装の女に化けた男娼が巡査と見てとって、

「アラ、旦那ア」

と、からかって逃げる。うしろの方から、

「旦那のアレ、かたいわね。ヒッヒッヒ」

大きな声でからかってくる。

ベンチにパンパンがならんでいて、

「ヤーイ。ヤーイ。昨日は、御苦労様ア」

と、ひやかす。昨日、一斉カリコミをやったのである。それをうまくズラかった連中らしい。声をそろえて、ひやかす。行く先々、まだ近づかぬうちから、みんな巡査の一行と知っている。私はふと気がついた。私たちは四人づれだったが、いつのまにか、五人づれになっているのだ。スルスルと囲みがとけたとき、そのときから、実は人間が一人ふえていたのである。クラヤミだから定かではないが、二十二三の若者らしい。私たちが立ち止ると、彼も一しょに立ちどまる。

クラヤミのベンチに五六人のパンパンが腰かけたり、立ったり、あつまっている。その前に和服の着流しの男が立っていて、

「ぼくはねえ、人生の落伍者でねえ」

パンパンと仲よくお喋りしている。三十ちかい年配らしい。学者くずれというような様子、本郷辺から毎晩ここへ散歩にきて、パンパンと話しこむのが道楽という様子である。

趣味家がいるのだ。イノチをかけても趣味を行うという勇者も相当いるのである。世の中は広大なものだ。かかる趣味家の存在によって、上野ジャングルの動物は生活して行くことができる。

このジャングルの住人たちは、趣味家を大事にする。お金をゆすったり、危害を加えたりしない。彼らが来てくれないと、自分の生活が成り立たなくなるからだ。新宿のアンチャンは自

分のジャングルへくるお客からはぎとるが、このジャングルはクラヤミで、凄愴の気がみなぎっているが、訪う趣味家はむしろ無難だ。

上野で危害をうけるのはアベックだそうだ。アベックはジャングルを荒すばかりで、一文のタシにもならないからだ。それにしても音に名高い上野の杜でランデブーするとは無茶な恋人同志があるものだが、常にそれが絶えないというから、やっぱり世の中は広大だ。

上野ジャングルの夜景について、これ以上書く必要はないだろう。私が書いたのは夜景の一部にすぎないが、いくら書いても同じことだ。懐中電燈がパッと光ると、そこには必ずアレが行われているのだから。音もなく、光もなく。地上で、木の蔭で、塀際で。どこででも。

新宿の交番は多忙で、酔っ払いをめぐる事件の応援にテンテコマイをつづける。ところが上野の交番ときては、訪う人もなく、通りかかる人もない。夜間通行禁止だからである。そして交番は全然平和でノンビリしている。

しかし、もしも一足交番をでて懐中電燈をてらすなら、これ又、応援にイトマもない。とてもキリがないことになるから、ジャングルのシジマをソッとしておいて、より大いなる事件の突発にそなえているというわけだ。

しかし上野ジャングルの平和さから我々は一つの教訓を知ることができる。上野ジャングルの構成までには、ヤクザの組織、ヤクザ的ボスの手が殆ど加えられていない。

戦争の自然発生的な男女の落武者が、ジャングルに雑居してしまっただけだ。上野は異国であり、我々の生活から遠く離れたジャングルであるが、そして百鬼うごめく夜景にもかかわらず、百鬼のおのずからの自治によって、概して平穏だ。満山クラヤミながら、概して平穏なのである。ボスの手が加わらず、ボスの落武者もいないからだ。

家もなく、又はムシロの小屋にすみ、自らのすむクラヤミのジャングルを平和にたもつ異国人こそ、悲しく、痛々しく、可憐ではないか。私は彼らを愛す。彼らの仕事には目をそむけずにいられないが、彼らはたぶん私よりも善良かも知れない。あのヤマさんがそうであったように。

上野ジャングルの夜景には、まさにドギモもぬかれたが、目を覆いたい不潔さにも拘(かかわ)らず、ひるがえって思えば、一抹の清涼なものを感じられる。彼らが人を恨まず、自らの定めに安んじ、小さく安らかにムシロの小屋をまもり、ジャングルの平和をまもっているからだ。

わがジャングルで金をゆすり衣服をはぎ血を流している他の盛り場のアンチャンは下の下だ。精神的には、この方が異国人に相違ない。焼跡の多くがまだ復興していないのだから、ジャングルが残っているのは仕方がないが、上野ジャングルの方は当分ソッとしておいてやっても、我々と没交渉でもあり、どこか切ないイジラシサもあるではないか。匆々(そうそう)たたきつぶす必要のあるのはボスとボスのつくった盛り場の組織と、アンチャンの存在だ。

熱海復興

私が熱海の火事を知ったのが、午後六時。サイレンがなり、伊東のポンプが出動したからである。出火はちょうど五時ごろだったそうである。

その十日前、四月三日にも熱海駅前に火事があり、仲見世（なかみせ）が全焼した。その夜は無風で、火炎がまッすぐ上へあがったから、たった八十戸焼失の火事であったが、山を越えて、伊東からも火の手が見えた。もっともヨカンボーというような大きな建物がもえ、焼失地域が山手であったせいで、火の手が高くあがったのかも知れない。このときも、伊東の消防が出動した。三島からも、小田原からも、消防がかけつけていた。なんしろ火事というものは、無縁のヤジウマが汽車にのって殺到するほど魅力にとんだものだから、血気の消防員が遠路をいとわず馳けつけるのもうなずけるが、温泉地の火事は後のフルマイ酒モテナシがよろしいから、近隣の消防は二ツ返事で救援に赴（おもむ）くということである。

四月三日の火事から十日しかたたないから、マサカつづいて大火があるとは思わない。外を吹く風もおだやかな宵であるから、ハハア、熱海は先日の火事であわてているなと思い、又、伊東の消防は熱海の味が忘れられないと見えるワイ、とニヤリとわが家へもどり、火事はど

こ？　ときく家人に、

「また、熱海だとさ。ソレッというので、伊東の消防は自分の町の火事よりも勇んで出かけたんだろうな」

と云って、大火になるなぞとは考えてもみなかった。そのときすでに、熱海中心街は火の海につつまれ、私の知りあいの二三の家もちょうど焼け落ちたころであった。

私は六時半に散歩にでた。音無川にそうて、たそがれの水のせせらぎにつつまれて物思いにふけりつつ歩く。通学橋の上で立ちどまって、ふと空を仰ぐと、空に闇がせまり、熱海の空が一面に真ッ赤だ。おどろいて、頭を空の四方に転じる。どこの空にも、夕焼けはない。北の空だけが夕映えなんて、バカなことがあるものじゃない。

熱海大火！

私は一散にわが家へ走った。私のフトコロにガマ口があれば、私は駅へ走ったのだが、所持金がないから、涙をのんで家へ走った。

遠い方角というものは、思いもよらない見当違いをしがちであるが、十日前にも火の手を見たから、熱海の方角に狂いはない。十日前にはチョロチョロと一本、ノロシのような赤い火の手が細く上へあがっているだけであったが、今日は北方一面に赤々と、戦災の火の海を思わせる広さであった。

一陣の風となって家へとびこみ、洋服に着代え、腕時計をまき、外へとびだし、何時かな、と腕をみて、

「ワッ。時計がない」

女房が時計をぶらさげて出てきた。

「あわてちゃいけませんよ」

と言ったと思うと、空を見て、

「アッ。すばらしい。さア、駈けましょう」

「どこへ？」

「駅」

「あんたも」

「モチロン」

この姐さんは、苦手である。弱虫のくせに、何かというと、のぼせあがって、勇みたつ。面白そうなことには、水火をいとわず向う見ずに突進して、ひどい目にあって、二三日後悔して、忘れてしまうという性コリのない性分であるから、この盛大な火の手を見たからには、やめなさいと云ったって、やめにするような姐さんではない。

私は内心ガッカリした。私は火事というと誰も行くことのできない消防手の最先端へとびだ

して、たった一人火の手にあおられながら見物するという特技に長じており、何百人のお巡りさんが非常線をはっても、この忍術をふせぐことはできないのである。姐さんに絡みつかれては、忍術が使えない。

伊東の街々では門前に人々が立って熱海の空を見ている。自転車で人が走る。火元は埋立地だという。銀座が焼けた。糸川がやけてる。国際劇場へもえうつった。市役所があぶない等々。街々を噂が走る。

してみると私が時々遊びにでかけたH屋旅館も、支那料理の幸華も、洋食の新道も、もうやけたのだ。

「いいかい非常線にひッかかったら、糸川筋のH屋旅館へ見舞いに行く伊東の親類だというんだよ。H屋は伊東の玖須美の出身だからね」

と女房に忍術の一手を伝授しておく。

電車は伊東から、すでにヤジウマで満員だ。同じ箱にのりこんだ周囲の十数人から知った顔をひろってヤジウマとはいかなる人種かと御紹介に及ぶと、一人は知人の家の女中（二十一二。通勤だから、夜は自由だ）、バスガール三人。これは知り合いというわけではないが、バスにのると向うに見える大島は……と説明して、大島節をうたってきかせるから、自然顔を覚えたのである。

宇佐美で身動きできなくなったが、網代でドッと押しこみ突きこみ、阿鼻叫喚、十分ちかくも停車して、ムリムタイにみんな乗りこんでしまったのは、網代の漁師のアンチャン連だ。かくて乗客の苦悶の悲鳴にふくらみながら、電車は来ノ宮につく。

火は眼下の平地全部をやき、山上に向って燃え迫ろうとしている。露木か大黒屋かと思われる大旅館が燃えている一方に、錦ヵ浦の方向へ向って燃えている火の手がはげしい。

熱海というところは、埋立地をのぞくと、平地がない。全部が坂だといってもよろしい土地であるが、銀座から来ノ宮へかけては特に急坂の連続だから、火の手は近いが、この坂を辛抱して荷物を運ぶ人の数は少く、さのみ雑踏はしていなかった。

風下の坂の上から、風上の銀座方面へ突入するのは、女づれではムリであるから、仕方なく大迂回して、風下から銀座の真上の路へでる。眼下一帯、平地はすでに全く焼け野となって燃えおちているのである。銀座もなく糸川べりもない。そのとき八時であったが、当日の被害の九割までは、このときまでに燃えていた。鎮火は十二時ごろであったが、私が到着して後は、燃え方は緩漫であった。

火の原にかこまれた山上でも、伊東と同じく、微風が吹いているにすぎなかった。

どうして、こんな大火になったのだろう？　みんながそう思うのは当然だ。

十日前に駅前の仲見世八十戸やいた時には、山上のために水利がわるく、水圧がひくくて消火作業が思うにまかせなかったからだ、という。それに対する批判の声があがっている最中であった。

今日の火事は夕方五時、まだ明るい時だ。海に面した埋立地で、交通至便の繁華街に接している。大火になる条件がないのである。

そこで、

「海水を使うとホースが錆びるからといって、消防が満々たる海を目の前に、手を拱いていた」

という怨嗟のデマが、出火まもなく、口から口へ、熱海全市を走っていた。

しかし、そもそもの発火がガソリンの引火であり、つづいてドラムカンに引火して爆発を起し、発火と同時に猛烈な火勢で燃えひろがって処置なかったものらしい。

火事による突風が渦まき起って百方に火を走らせ、発火から二時間ぐらいの短時間で、全被害の九割まで、焼きつくしたようである。私の到着したときは渦まく突風はおさまり、目抜通りは焼けおちてのびきった火の先端だけが坂にとりつこうとして燃えつつ立ち止っているときであった。

火元はキティ颱風でやられた海岸通りの道路工事をやってる土建なんとか組の作業場で、十九か二十ぐらいの若い二人の労務者が賭をした。

「タバコをガソリンの上へすてるともえるかもえないか」

という賭である。そこで、もえる、と云った方が、じゃア見てろといってタバコをすてたので、火の海になった。あわてて砂をかけたが及ばず、アレヨというまに建物にもえうつりドラムカンに引火して、バクハツを起し一挙に四方に火がまわったのだそうだ。

火元の土建の何とか組は、私にも多少の縁がある。

銀座のビルの一室をかりて、なにがしという綜合雑誌のようなものをだしていたのが、映画俳優のY氏であった。三年ぐらい前の話だ。ひところの出版景気に、目先が早くて行動的な映画人で出版や雑誌発行をやった人も相当いたようだが、映画雑誌か娯楽雑誌が普通で、Y氏のように、綜合雑誌めいたものは例外だろう。Y氏の柄に合ったもののようにも見えなかったし、編輯(へんしゅう)上の識見があったとも思われないが、なんの因果でこんな雑誌をだしたのか私は今もって知らないが、徹底的にピント外れで、Y氏ならびに雑誌合せて、奇抜、ユニックな存在だったかも知れない。

そのうち出版不況の時世となって、Y氏の雑誌も立ちゆかなくなり、旧知の作家O氏の救援を乞うたところ、O氏のはからいで、O氏や私を同人ということにして、新雑誌をだすことになった。

そのとき、新雑誌のために二十万円ポンと投げだしたのが、O氏の知人で熱海大火の原因となった何とか組の何とか親分だ。もっとも、実際は親分ではなくて、親分の実弟だそうだが、私の聞きちがいか、紹介者が面倒がって端しょッて教えたせいか、私は熱海の大火まで、なんとか組の親分ズバリだと思いこんでいた。

O氏の話では、新雑誌に賛成して好意的に二十万ポンと投げだしてくれた、という簡単明瞭な話であったが、なんとか組のなんとか氏の方は、新雑誌の社長のつもりであった。

遠く東海道の某駅から、はるばる上京、Y氏の坐る社長席へドッカとおさまり、社員一同を起立させて訓辞を与える。居場所を失ったY氏はウロウロしているし、社員は二人の社長の出現に呆ッ気にとられて仕事に手がつかない。

「キサマ、反抗するか！」

と云って、それまで、実質的に編輯長のようなことをやっていた吉井という人物はひッぱたかれ、

「反抗する奴はでてこい。若い者をつれてきて痛い思いをさせてやる。どうだ。痛い思いをしたいか。したい奴は、でてこい！」

と、睨み廻す。敵地へのりこんだ如くに、はじめから、社員を敵にして、かかっている。

O氏が編輯長として九州からよびよせたHという新聞記者出身の柔道五段がいた。柔道五段というが、大言壮語するばかりで、編輯の才能は全然ない。大ブロシキの無能無才で、ふとっているが、テリヤよりも神経質で、ヘタな武道家によくあるタイプだ。

「売れなくてもよいから、アッ、やったなと、言わせるような雑誌をつくってみせる」

という。こういう低脳のキマリ文句で右翼のチンピラが大官を暗殺するような心境で雑誌をつくられては、たまったもんじゃない。私も我慢ができないから、

「冗談云いなさんな。金もないくせに売れない雑誌をつくったって、つぶれるだけじゃないか。ぼくがこの雑誌の同人になったのは、Y氏の出版事業がつぶれそうだから助けてやってくれないかというO氏の頼みで、Y氏をもうけさせてやるのが目的だ。アッ、やったなといわせるために誰がお前さんにたのむものか。もうける以外に目的があったらこの雑誌の編輯はやめなさい」

と云ったら、それ以後は、私の顔を見るたびに、

「もうける雑誌、もうける雑誌」

と意気ごんでみせ、たちまち大モウケしてみせるようなことを言うようになったが、実際は、アッと言わせるのはカンタンだが、もうけるのは大事業なのである。

このH編輯長がなんとか組のなんとか氏とカンタン相てらしたと称し、兄弟の盟約をむすび、兄貴、わるいところがあったら、だまってオレの頭をなぐれ、などとオイオイ泣き、こういう低脳がでてくると、もうダメである。なんとか組のなんとか氏はH氏にくらべてはもっと大人で、そうバカではなかったらしいが、間にH編輯長という低脳で神経質で被害妄想のようなの

がはさまっていて、それを通じての話をきいているから、まるで敵地へのりこむように出社して社員をどなりつけた。

ここの社員は主としてＯ氏の弟子に当る若い連中で、Ｏ氏の一族ではあるが、私とは何のユカリもない連中であった。けれども、Ｈ編輯長もＯ氏の選んだ人物、なんとか組のなんとか氏もＯ氏のたのみで金をだした人物で、Ｏ氏の知人であるから、Ｈ氏やなんとか氏への不満をＯ氏のところへ持っていっても、とりあげてくれない。そこで私のところへ泣きついてきた。

吉井君も、善良ではあるが、性格的には、ひがみ屋で、女性的にひねくれたところがある。Ｈ氏が、又、最も女性的な豪傑タイプで、女性的な面が衝突し合っているのである。吉井君も編輯にはまったく無能で、どっちに軍配をあげるわけにもいかないが、部下を心服させることができないのは、Ｈ氏の不徳のいたすところである。

たのまれたからといって、特にたのんだ方に味方もできないが、Ｈ氏をよんで、

「あんたの部下はみんなＯ氏の弟子じゃないか。あんたがＯ氏のスイセンで編輯長になれば、みんながあんたを好意的にむかえるはずであるのに、心服させることができないのは、よッぽど不徳のせいだろう。そう思わんか」

「そう思う」

「あんた下宿の女（吉井君とジッコン）と関係してるね」

「そうだ。女房を国もとへおいてるから、こうなるのは当然だ」

「当然であろうと、あるまいと、そんなことは、どうでもいいや。自分の四囲にどういう影響を与えるか、それを考えて、手際よくやるがいいや。あんなケッタイな四十ちかい女に惚れるはずはあるまいし、タダで遊ぼうというコンタンで、部下の感情を害すとは、なさけない話じゃないか。遊ぶんだったら、金で、よその女を買いなさい」

「金がないから仕方がない」

「社長が二人いるのは、変じゃないか」

「変だ」

「敵地へのりこむようにのりこんできて、反抗したい奴はでてこい、若い者にぶん殴らせる、なんて社長があるもんか。ぼくがこの雑誌に関係したのはY氏の窮状を救うという意味でたのまれたのだから、Y氏以外の社長ができたり、Y氏の立場を悪くするようなら、ぼくの一存でこの雑誌をつぶす。どうだ」

「その気持をなんとか組のなんとか氏につたえて、善処させる」

その翌日である。

H氏となんとか組のなんとか氏が同道して拙宅をたずねた。

「お前さんはオレがよぶまで上ってくるな。荒っぽい音がするかも知れないが、下にジッとしておれ」

といって、女房を下へやった。なんしろ、反抗する奴はでてこい、痛い目にあわせてやる、という一人ぎめの社長や、柔道五段を鼻にかける編輯長のオソロイだから、タダではすみそうもない。私も腹をきめて、二人に会って、

「O氏に会って、たしかめたところでは、あんたに二十万円だしてもらったのは社長になってくれという意味ではないと断言していた。あんたが思いちがいをしたのは仕方がないが、だいたい社員に向って、反抗する奴はでてこい、若い者にヒネラせてやる、なんていう雑誌の社長があってたまるものか。あんたが社長をやめなければ、ぼくの一存で、今、この場で雑誌をつぶす。雑誌をやりたければぼくがつぶしたあと、やるがいい」

「社長から手をひく」

「あんたの二十万は、もう使ってしまって返されんそうだが、文句はないか」

「すすんでO氏に寄進したものだから、文句はない」

それで話はすんだ。

なんとか組のなんとか氏は、そうワカラズ屋の暴力団ではないらしかったが、H氏という女性的に神経質のニセ豪傑がひがんだ主観で事実を自分流にまげて伝えているから、変にこじれて受けとり、どやしつければ文学青年はちぢみあがるもんだと考えて乗りこんだらしい。これ

は見当ちがいで、文学青年と不良少年はやさしくしてやるとなつくが、どやしつけると、徹底的に反抗する、当日はそれで、話はすんで一応うちとけたが、なんとか組のなんとか氏が完全に了解したわけではなく、H氏を間にはさんだための食い違いはどうすることもできないものであった。

この日の話には、ちょッとした蛇足がついてる。私には忘れられない思い出であるから、ちょッとしるしておこう。

それから三人で酒をのんだが、酔ううちに、なんとか組のなんとか氏が、自分にはほかに芸がないが腕相撲だけが自慢だ、という。こいつは面白いというので、よろしい、一戦やろう、と私が挑戦したのは、先程からの感情の行きがかりではなく、単純にひとつヒネッてやろうという気持だけであった。

私は腕相撲などはメッタにやったことがないが、終戦直後、羽織袴で私のところへやってきた右翼の青年の集りの使者の高橋という青年（今、私の家にいる）、これも柔道二段らしいが、これをヒネッて、その時以来、腕相撲では気をよくしていたせいだ。

この高橋は、私のところへ講演をたのみに来たのである。右翼青年の集りが拙者に講演をたのむとは憎い奴め、ウシロを見せるわけにはいかないから、当日でかけて行くと、二十人ぐらいの坊主頭の若者どもが小癪（こしゃく）な目をして私をかこんで坐る。この小僧めらが、と思ったから、天皇制反対論を一時間ばかり熱演してやった。歴史的事実に拠ってウンチクを傾けたのであるが、ウンチクが不足であるから、ちょッと傾けると、たちまちカラになる。こんな筈ではなかったが、と、あっちのヒキダシ、こっちのヒキダシ、頭の中をかきまわして、おまけに話しベタとくる。闘志は満々たるものだが、演説の方は甚だチンプンカンプンであったらしい。

その後、高橋はO氏の世話でY氏の雑誌社につとめ、なんとか組のなんとか氏事件の時には、私に泣きついた一味の末輩であった。これをどういう事情によってか腕相撲でネジ伏せたことがあり、腕相撲に関する限り、右翼壮士怖るるに足らずと気をよくしていたのが失敗の元であった。

なんとか組のなんとか氏と一戦やると、全然問題にならない。彼の腕は盤石の如く微動もしないのである。

「若い者を使っていると、どこかで威勢を見せないとバカにしますから、ひそかに年月をかけて猛練習したんです」

となんとか氏はタネをあかして笑った。それは謙遜で、厭味なところはなかったのだが、行きがかりがあるから、こう軽くヒネラれては、私も癪だ。酔っ払っているから、ムラムラとイタズラ気が起って、ひとつ新川のところへ連れていって、奴メと腕相撲をとらせコテンコテンにしてやろうと考えた。

新川というのは本職の相撲とりだ。六尺、三十貫、頭もあるし、順調に行けば、横綱、大関はとにかくとして、小結、関脇ぐらいまではとれた男だ。不動岩とガブリ四ツになったハズミに、不動岩の歯が新川の眉間へソックリくいこんだのである。全治二ヵ月、人相は一変し、それ以来目がわるく、夜はメクラ同然、相撲がとれなくなって、人形町でトンカツ屋をはじめたのである。醤油樽を弁当箱のように軽々と届けてくれる力持ちだから、なんとか組のなんとか氏が逆立ちしたって、勝てッこないにきまってる。

新川の店へ自動車をのりつけ、

「このなんとか氏は腕相撲の素人横綱だそうだから、君、ひとつ、やってみろよ」

というと、新川という男、身体は大きいがバカにカンのよい男だ、ハハア、安吾氏コテンコテンにやられたな、オレに仇をとれという意味だなと見てとって、

「ヘッヘッヘ」

と笑いながら「へ。あんたの力は、それだけですかい」などとやりだしたが、六尺三十貫の本職の相撲取だから、廃業して飲んだくれていたって、なんとか組のなんとか氏が全力をつくしても、ハエがとまったようなものだ。

私もことごとく溜飲を下げて、にわかにねむくなり、近所の待合へ行って、先に寝てしまった。私がねてしまったあとでなんとか組のなんとか氏は芸者を相手に待合で大騒動を起したそ

うだが、これは腕相撲に負けたせいでなく、もともと酒乱で、酔うときッとこうなるという話であった。私は白河夜船でその騒ぎを知らなかった。

翌朝、私が目をさまして、一人、新川の店へ散歩に行くと、新川が起きて新聞を読んでいる。

「先生、大変な奴が現れましたぜ」

「どんな奴が」

「まア、先生、これを見て下さいな」

新川は新聞狂で、東京の新聞をあるだけとっている。あの当時十いくつあった。それを三畳の部屋一ぱいにひろげて、当人は土間に立って、新聞の上へ両手をついてかがみこんで、順ぐりに読んでるのである。

新川の示す記事をみる。それが帝銀事件であった。私がなんとか組のなんとか氏と腕相撲していた時刻に、帝銀事件が起っていたのである。だから、私は帝銀事件に限ってアリバイがある。何月何日にどこで何をしていたということは、自分の大切なことでも忘れがちなものだが、帝銀事件に限って、身のアリバイを生涯立証することができるという妙な思い出を持つに至ったのであった。

私は熱海大火の火元を知ると、いささか驚いて、

「なんとか組って、一人ぎめの社長が親分のなんとか組だろう？」

「イヤ。あれは親分じゃなくて、親分の実弟なんです」

と高橋が答えた。それで、なんとか組のなんとか氏が実の親分でないことをようやく知ったのである。

熱海大火後まもなく福田恆存に会ったら、

「熱海の火事は見物に行ったろうね」

ときくから、

「行ったとも。タンノウしたね。翌日は足腰が痛んで不自由したぐらい歩きまわったよ」

「そいつは羨しいね、ぼくも知ってりゃ出かけたんだが、知らなかったもので、実に残念だった」

と、ひどく口惜しがっている。この虚弱児童のようなおとなしい人物が、意外にも逞しいヤジウマ根性であるから、

「君、そんなに火事が好きかい」

「ああ。実に残念だったよ」

見あげたヤジウマ根性だと思って、私は大いに感服した。

私が精神病院へ入院したとき小林秀雄が鮒佐の佃煮なんかをブラ下げて見舞いにきてくれた

が、小林が私を見舞ってくれるような、イワレ、インネンは毛頭ないのである。これ実に彼のヤジウマ根性だ。精神病院へとじこめられた文士という動物を見物しておきたかったにすぎないのである。一しょに檻の中で酒をのみ、はじめはお光り様の悪口を云っていたが、酔いが廻るとほめはじめて、どうしても私と入れ代りに檻の中に残った方が適役のような言辞を喋りまくって戻っていった。

ヤジウマ根性というものは、文学者の素質の一つなのである。是非ともなければならない、という必須のものではないが、バルザックでも、ドストエフスキーでも、ヤジウマ根性の逞しいのが通例で、小林と福田は、日本の批評家では異例に属する創造的作家であり、その人生を創造精神で一貫しており、批評家ではなくて、作家とよぶべき二人である。そろって旺盛なヤジウマ根性にめぐまれているのは偶然ではない。

しかし、天性敏活で、チョコチョコと非常線をくぐるぐらいお茶の子サイサイの運動神経をもつ小林秀雄が大ヤジウマなのにフシギはないが、幼稚園なみのキャッチボールも満足にできそうにない福田恆存が大ヤジウマだとは意外千万であった。

私は熱海の火事場を歩きまわってヘトヘトになり、しかし、いくらでもミレンはあったが、女房がついてるから仕方がない。終電車の一つ前の電車にのって伊東へ戻った。満員スシ詰め、死ものぐるいに押しこまれて来ノ宮へ吐きだされた幾つかの電車のヤジウマの大半が終電車に殺到すると見てとったからで、事実、私たちの電車は、満員ではあったが、ギュウギュウ詰めではなかった。さすればヤジウマの大半が終電車につめかけたわけで、罹災者の乗りこむ者も多いから、終電車の阿鼻叫喚が思いやられた次第であった。

網代の漁師のアンチャン連の多くは火事場のどこで飲んだのか酔っぱらっており、とうとう喧嘩になったらしく、網代のプラットフォームは鮮血で染っていた。

伊東へついて、疲れた足をひきずり地下道へ降りようとすると、

「アッ。奥さん」

「アラア」

と云って、女房が奇声をあげて誰かと挨拶している。新潮社の菅原記者だ。ふと見ると石川淳が一しょじゃないか。

「ヤ、どうしたの」

ときくと、石川淳は顔面蒼白、紙の如しとはこの顔色である。せつなげに笑って（せつないところは見せたがらない男なのだが、それがこうなるのだからなおさら痛々しい）

「熱海で焼けだされたんだ。菅原と二人でね。熱海へついて、散歩して一風呂あびてると、火事だから逃げろ、というんでね」

文士の誰かがこんな目にあってるとは思っていたが、石川淳とは思いもよらなかった。

彼らは夕方熱海についた。起雲閣というところへ旅装をといて、散歩にでると、埋立地が火事だという。そのとき火事がはじまったのである。

火事はすぐ近いが、石川淳はそれには見向きもせず、魚見崎へ散歩に行った。菅原が罹災者の荷物を運んでやろうとすると、

「コレ、コレ。逆上しては、いかん。焼け出されが逆上するのは分るが、お前さんまで逆上することはない」

と云って、たしなめて散歩につれ去ったのである。魚見崎が消えてなくなることはあるまいのに。しかし、火事は一度のものだ。その火事も相当の大火であるというのに、火の手の方はふりむきもせず、アベコベの方角へ散歩に行った石川淳という男のヤジウマ根性の稀薄さも珍しい。

散歩から戻ってみると、火事は益々大きくなっている。しかしヤジウマ根性が稀薄だから、事の重大さに気づかない。

一フロあびてお酒にしようと、ノンビリ温泉につかっていると、女中がきて、火の手がせまって燃えうつりそうだから、はやく退去してくれという。御両氏泡をくらって湯からとびだし、外を見ると、黒煙がふきこみ、紅蓮（ぐれん）の舌が舞い狂って飛びつきそうにせまっている。ここに至って、逆上ぎらいの石川淳も万策つきて顚動（てんどう）し、ズボンのボタンをはめるのに手のふるえ

がとまらず、数分を要したという菅原記者の報告であった。

しかし、これからが石川淳の独擅場（どくせんじょう）であった。

身支度ととのえ終って、旅館をとびだす。宿へついて、お茶をのんで、お菓子をくって、温泉につかってとびだしただけだから、

「要するに、君、ぼくは熱海の火事で、菓子の食い逃げしたようなものさ。茶菓代ぐらい払ってやろうと思ったが、旅館の者どもは逆上して、客のことなぞは忘却しているよ。アッハッハ」

と、自分だけ逆上しなかったようなことを云っているが、なんと石川淳は菅原をひきつれ、十分ぐらいで到着できる来ノ宮駅へも、二十分ぐらいで到着できる熱海駅へも向わずに、ただヤミクモに風下へのがれ、延々二里の闇路を走って、多賀まで落ちのびたのである。

彼の前方から、逆に熱海をさして馳せつける自動車がきりもなく通りすぎたが、同じ方向へ向って急ぐ者とては、彼らのほかには誰一人いなかった。彼らは一人の姿も見かけることができなかったが、事実に於（おい）て、この夜、彼らと同一コースを逃げた人間はたぶん一人もなかったはずだ。多賀へ行くには電車があるもの。電車はたった一丁場だが、これを歩けば錦ヵ浦から岬をグルグル大廻り、二里もあるのだ。土地不案内な人間なら、よけい雑沓（ざっとう）の波から外れて逃げるものではなく、どう、とりみだしたって、こんなフシギな逃げ方をすることは考えられないのであるが、石川淳だけが、これを為しとげたのである。熱海の火事でも、いろんなウカツ

者がいて、心気顛動、ほかの才覚はうかばず、下駄箱一つ背負いだしたとか、月並な慌て者はタクサンいたが、一気に多賀まで逃げ落ちたというのは他に一人もいなかったようだ。

石川淳は菅原をひきつれ、風下へ、風下へ、ひたすら逃げた。それでも全部の人心地を失わなかった証拠には、錦ヵ浦の真ッ暗闇のトンネルに突き当ってはハタと当惑。ここくぐるべきや、立ちすくんで考えこんだ。

もとへ戻れば火が食いつくし
先はマックラ、トンネルだア
どうしよう
神さま、きてくれ
石川淳を知らねえか

ついに意を決してクラヤミのトンネルをくぐりぬけ、二里の難路を突破して、一命無事に伊豆多賀の里に辿り着くことができた。古（いにしえ）に三蔵法師あり。今に石川淳あり。かほどの苦難の路は、凡夫は歩くことができない。

事の真相をここまで打ち開けて語るのはツレナイことかも知れないが、石川淳の逃げだした起雲閣という旅館は、隣まで焼けてきたがちゃんと残っているのであった。私は焼跡を見物して、焼け残った起雲閣を目にした時には、呆然、わが目を疑ったのである。偉なる哉（かな）、淳や、沈着海のごとく、その逃ぐるや風も及ばず。

戦争中の石川淳は麻布の消防団員であった。警察へ出頭を命ぜられ、ムリに任命されてしまったので、

「むかし肺病だったが、それでも、よろしいか」

「結構である」

「下駄ばきで消火に当るのは、不都合であるから、靴を世話したまえ」

「下駄ばきでも不都合ではない。誰もお前が東京の火を消しとめるとは期待していない。すでに東京はあの通りだ」

と云って焼野原の下町を示して見せたそうである。

焼け残った銀座の国民酒場で、私はよく彼とぶつかった。我々は一パイのウイスキーをのむために必死であったが、彼は下駄ばきに、背に鉄カブトをくりつけ、それが消防団員石川淳の戦備ととのった勇姿の全部であった。

熱海の大火では、空襲下の火災の錯乱が見られた。つまり多くの人々は、避難ときくや、まッさきに、米、食物の類を小脇にかかえて走り去り、すでにそれらの物品の入手が容易であることを忘れていたのである。食物の次には、身の廻りの日常品。散々不自由した恐怖がぬけていないのだ。最初から金目の品物に目をつけたのは、相当落着いた人間か、火事場泥棒に限

られていたそうだ。

罹災者への救援はジンソクで、又至れり、つくせりであった。

私は焼跡のH屋を見舞い、それから水口園へ行って仕事しようと思ったが、原稿紙は持って出たが、洗面道具を忘れてきたので、一式買ってきてくれと女中にたのむと、すぐ戻ってきて、

「ハイ、歯ブラシ、タオル、紙……」

「いくらだい」

「イエ、タダです。エプロンをきて、ちょッと、こう、リリしい姿で行きますとね。なんでもタダでくれます。熱海の罹災者は楽ですよ。一日居ないと損すると云って、みんな動きません」

こんなわけで、私は熱海の罹災者の余沢を蒙った。

「こんなに日常品をジャンジャンくれると知ったら、身の廻りの安物には目もくれず、重い家具類をだすんだった」

というのが、熱海の罹災者の感想で、新しい現実の発見でもあったようだ。つまり、戦争時代の終滅と、新しい現実の生誕を、ハッキリと、改めて発見したのだ。

しかしながら、戦争の終ったことを発見するということは、甘い現実を知ることではない。むしろアベコベに自由競争の厳しい現実を身にしみて悟ることでもあり、そこで熱海がこの焼跡から何を悟ったかというと、糸川の復興なくして熱海の復興はあり得ずということなのであ

る。

道学先生がいくら顔をしかめてみたって、現実はどうにもならない。遊ぶ中心を失うと遊覧都市は半身不随で、熱海は現に魂のない人形だ。熱海銀座と糸川がなくなると、この町は心臓を失ってしまうのだ。

私の住む伊東では、風教上よろしくないというので、遊興街を郊外へ移しつつある。これでは話がアベコベだ。温泉地というものは中心が遊楽であるのが当然で、したがって街の中心も遊興街、温泉街で構成さるべきであり、風教上よろしくないと思う人が、郊外へ退避すればよろしいのである。

だいたい伊東というところは、団体客専門の旅館ばかりで新婚旅行や、私たちのようにそこで仕事をしようという人種の落着くことができるような設備をそなえた旅館が殆(ほとん)どない。熱海となると、新婚旅行や文士に適した静かな旅館も多く、それはおのずから中心を離れて、郊外に独自の環境を保っている。伊東はドンチャン騒ぎの団体旅館で構成されているくせに、風教上よろしくないというので、パンパン街を郊外へ移すというから笑わせるのである。

先日も伊東のＰＴＡの人が私に嘆いて曰(いわ)く、

「伊東に温泉博物館と図書館をつくるという案があるのですが、そういった文化施設には殆ど金をかけてくれないのですな」

これも妙な嘆きである。温泉へくる客はバカのようにノンビリと日頃の疲れを忘れようというわけで、勉強にくるわけではないから、博物館や図書館などに金を投ずるよりも、気持よく遊楽気分にひたらせる設備が大切なのだ。本を読むために温泉へ行く人もあろうが、読書家を満足させる本は図書館にはない種類のもので当人の書斎から持ってくる性質のものだ。

文化ということは温泉に博物館や図書館をつくるということではなくて、温泉は遊びにくるところだから、気分のよい遊び場としての設備をととのえるべきで、博物館や図書館などは無用の長物だということなどを知ることにあるのである。物に即してそれぞれの独自の設備が必要なのだ。

これにくらべると、熱海が自分の中心としてパンパン街をハッキリ認識したことは、正当な着眼だ。中心街の雑音がうるさかったり、風教上よろしくないと思う方が郊外へ退避すればよろしく、それが温泉都市の健全な在り方というものだ。

現に私は静かな部屋で仕事をしたいと思う時には、熱海へ行く。熱海には、中心街の雑音を遠く離れた静かな旅館がいくつもあるのだ。街の中心は局部的にいくら雑音が多くても構わない。むしろ局部的に、雑音を中心街に集中するのが当然だ。

私は熱海というところを、郊外の旅館で仕事のために利用してきたから、中心街を長いこと知らなかった。今年までは糸川を歩いたこともなかったのである。たまたまH屋旅館を知るようになり、どんな真夜中に、電車も旅館もなくなって叩き起しても、イヤな顔せずに歓迎してくれるから、時ならぬ時に限ってここを利用し、したがって糸川の地を踏むようになったが、その奥のパンパン街を散歩したのは、たった一度しかなかった。私はこういうところは、半生さんざん歩いてきたから今さら、新天地を開拓するような興味が起らなかったのである。

今度の巷談に、熱海復興の様相をさぐれということで、熱海復興は糸川から、と叫んでいるぐらいだから、糸川見物にでかけることにした。

糸川の女たちも、糸川が復興するとは思わず、これで熱海は当分オサラバと思ったろう。私が火事を見物している時にも、糸川の女だけがホガラカで、ハシャイでいる唯一の人種であった。彼女らのある三人は、小さな包みを一つずつ持ち（それが全部の財産だったろう）来ノ宮の駅で、包みを空中へ投げながら、

「さらば熱海！　熱海よサラバ！」

火に向って叫んで笑いたてていたのである。

彼女らにとっては天下いたるところ青山ありである。火事場を逃げたその足で、伊東のパンパン街へ移住したのもタクサンいた。

約半数が他へ移住し、半数が焼跡に残り、焼けない家にネグラをつくって、街頭へ進出して

商売をはじめた。これが熱海の新風景となって人気をよび、熱海人士に、市の復興は糸川からと悟らせ、肩を入れて糸川復興に援助を与えはじめたから、伊東その他へ移住した女たちも、みんな熱海へ戻り、熱海の女でない者まで熱海へ走るという盛況に至ったのである。

もっとも、糸川町はまだ五軒ぐらいしかできていない。多くの女は他にネグラをつくって、街頭で客をひいているのだ。

私は土地の人の案内で、糸川のパンパン街へ遊びにいった。私はそこで非常に親切なパンパンにめぐりあったのである。彼女は私をさそって、熱海の街をグルグルと案内してくれたのである。焼跡のパンパンの生態を私に教えてくれるためである。あれもパンパン、これもパンパン。彼女の指すところ、イヤハヤ、夜の海岸通りは、全然パンパンだらけである。駅からの道筋にも相当いる。

若い男と肩を並べて行くのがある。

「あれ、今、交渉中なのよ。まだ、話がきまらないの」

「どうして分る？」

「交渉がきまってからは、あんな風に歩かないわよ」

と云ったが、どうも素人の目には、交渉中の歩き方にその特徴があることを会得（えとく）することができなかった。

「ここにも、パンパンがいるのよ。この旅館にも三人」

と彼女はシモタ屋や旅館や芸者屋を指して、パンパンの新しい巣を教えてくれた。至るところにあるのである。

糸川の女は、とりまえは四分六、女の方が四分だそうだ。しかし食費などは置屋が持つ。公娼制度のころと変りは少いが、ただ自由に外出ができるし、お客を選ぶこともできる。それだけの自由によって今のパンパンが明るく陽気になったことはいちじるしい。もっとも、これだけの自由があれば、我々の自由と同じものを彼女らは持っているのである。資本家と労務者の経済関係というものは、どの職域にもあることで、ほかの職域の人々はクビになると困るが、彼女らはこまらない。全国いたるところ、自分の選択のままであり、みんな青山というわけだ。だから彼女らは、ほかの職域人にくらべて、クッタクなく、ションボリしたところもないのである。むしろ甚しく自由人というわけだ。

しかし、公娼というものは、制度の罪ではなくて、日本人の気質の産物ではないかと私は思っているのである。現在、公娼は廃止されているというが、表向きだけのことで、街娼以外の、定住したパンパンは公娼と同じこと、検診をうけ、つまりは公認の営業をやっているのである。

私は新宿へ飲みに行くと、公娼のところへ眠りに行くのが例である。むかし浅草で飲んでたころも、吉原へ眠りに行った。どちらも電車の便がわるくて家へ帰れなくなるせいだ。

公娼のところでは、酒をのむ必要もなく、ただ、ねむれば、それでいい。私はヒルネをするために、公娼の宿へ行くこともある。なぜなら、昼の旅館を訪れて、二三時間ねむらせてくれと頼むと、自殺でもするんじゃないかというような変な目でみられたり、ねむるよりも、起きているにふさわしい寒々とした部屋へ通されて、まずお茶をのまされ、つまり、日本の旅館はただねむるというホテル的なものではなくて、食事をして一応女中と笑談でも云い合わなければ寝る順がつかないような感じのところだ。

公娼の宿はそうではなくて、食事も酒もぬきであり、ねむいから、ほッといて、二三時間ねかしてくれと、いきなりゴロンとねてしまってもそれが自然に通用するところなのである。

私はよく思うのだが、銀座の近くに公娼の宿があるといいなと思う。終電車に乗りおくれてもネグラがあるし、第一、ヒルネに行くことができる。公娼の宿がないから、仕方なく、普通旅館へヒルネに行くことがあるが、二三時間ねかしてくれ、とたのんでモタモタしていて、いつか、ねむれない気分にされてしまう。

これは在来の公娼の生態を私が自分流に利用しての話だが、しからば表面公娼が廃止され、彼女らに自由が許された現在、どうかというと、昔とちッとも変りがないのである。

たしかに彼女らには自由が許されている。これは嘘イツワリのないところだ。彼女らは公娼というワクの中でいくらでも個性を生かして生活したり営業したりできるはずが、そんなものは見ることができない。

私を外へ誘いだして熱海中グルグル案内してくれたパンパンなどは異例の方で、だいたい外へも出たがらないようなのが多い。新宿で私が眠りに行きつけの家も、終戦後十何人と変った女の中で、好きでダンスを覚えて、ホールへ踊りに行くのは、たった一人、大半は映画も見たがらず、ひねもす部屋にごろごろして、雑誌をよんだり、ねたりしているだけである。特にうまいものを食べたいというような欲もなく、支那ソバだのスシだのと専門店のものがうまいと心得ていても、特にどこそこの店がどうだというような関心もない。熱海中私を案内したパンパンは、スシはここが一番よ、とか、洋菓子はここ とか、その程度は心得て、一々指して私に教えてくれたが、

「重箱ッてウナギ屋知ってるかい」

ときいてみると、知らない。この店は熱海の食物屋では頭抜けたもので、小田原も三島も及ばぬ。東京も、ちょッとこれだけのウナギを食わせる店は終戦後は私は知らない。こういう特別なものは、彼女らは知らないし、関心も持っていない。

自由が許されても、彼女らは鋳型(いがた)の中の女であり、ワクの中に自ら住みついて、個性的な生き方をしようとしない。彼女らがそうであるばかりでなく、日本の多くの「女房」がそうで、

オサンドン的良妻、家庭の働く虫的なものから個性的なものへ脱皮しようとする欲求を殆ど持っていない。

未婚時代はとにかく、ひとたび女房となるや、たちまち在来のワクの中に自ら閉じこもって、個性的な生長や、自分だけの特別な人生を構成しようという努力などは、ほとんど見ることができなくなる。

ねむいよ、ねむいよ
ねむたかったら
女房とパンパンが
待ってる

私がこう唄ったからって、世の女房が私を攻撃するのは筋違いで、口惜しかったら、生活の中に、自分の個性ぐらいは生かしたまえ。諸氏ただ台所の虫、子育ての虫にあらずや。

私は三年ぐらい前に有楽町の当時五人の姐御(あねご)の一人の「アラビヤ」という三十五ぐらいの姐さんと対談したことがあった。

たまにお客に誘われ、田舎の宿屋へ一週間も泊って、舟をうかべてポカンと釣糸をたれているのも、退屈だが、いいもんだ、と云っていた。アラビヤがそうであったが、街娼は概して個性的だ。つまり保守農民型は公娼となって定住し、遊牧ボヘミヤン型は街娼の型をとるのかも知れない。

現在の日本は、公娼と街娼が混在しているが、果していずれが新世代の趣味にかなって生き残るかということに、私は甚しく興味をいだいているのである。

しかし、東京のような大都会に於ては、長い年月をかけて、やがて「時間」がその結論をだすまで待つ以外に仕方がないが、熱海のような小都会では、もっと早く、その結論の一端が現れそうな気がする。大火によって、熱海には、はからずも公娼と街娼が自然的に発生した。あるいは熱海市が自分の好みで一方を禁止するかも知れないが、そうしないで、どっちが繁昌し、彼女らの動向が自然にどッちへ吸収されるか、実験してみるのも面白いだろうと思う。

街娼というものが個性をもち、単なる寝床の代用でなくて、男に個性的なたのしさを与えるようになれば、それはもうパンパンではなくて、女であり、本当の自由人でもある。日本のパンパンが自らそこへ上りうるか、どうか。又、日本の男が、パンパンのそうした個性的な成長を好むか、どうか。これは私も実験してみたい。

街娼ということは、決して街頭へでてタックルするというだけのものではない。アラビヤがそうであったように、自分の個性と趣味の中へ男を誘って、その代償に金をうけとることを云う。パンパンがそういう風に生長してしまうと、さしずめ私は街の寝床を失ってヒルネができなくなるが、そのころには気のきいたホテルができて、簡単にヒルネを解決してくれるだろうから、ヒルネに困りもしなかろうと思う。

どういうわけで熱海の糸川があれほど名を売ったか知らないが、実質はきわめてつまらぬ天下どこにも有りふれた公娼街にすぎないのである。地域的にも小さくて、むしろ伊東のパンパン街が大きい。

糸川がいくらかでも、よそと違うとすれば、女と寝床のほかに、温泉がついてるだけだ。小さな陰気な、浴室が。

こんな有りふれたつまらぬものでも、それで名が通ってしまえば、やっぱり熱海の一つの大きな看板だ。熱海市のお歴々が、熱海の復興は糸川から、と、今さらいと真剣に考えはじめ、しかめつらしい顔をそろえてパンパン街の復興の尻押しに乗りだしたからといって、笑うわけにいかない。

温泉都市の性格が、今のところは、そういうものなのだから、仕方がないのだ。名物をつくるというのが大切なことで、温泉都市の賑いは、その名物に依存せざるを得ないのである。

熱海市は大通りを全部鉄筋コンクリートにさせるというが、これも狙いは正しく、すくなくとも熱海銀座はそのように復活することによって、一つの名物となりうるであろうが、それはいつのことだか分らない。

これに比べれば糸川の復活は木と紙とフトンとネオンサインによって忽(たちま)ち出来上るカンタン

なものであるから、熱海の復興は糸川から、お歴々がこう叫ぶのは筋が通っているのである。

しかし糸川が復興したころは、散在した街娼の方が熱海の名物になっているかも知れん。しかし、これらの街娼は、大火によってネグラを他にもとめただけで、一挙に個性的なボヘミヤンに進化したわけではないのだから、実質的な変化は恐らく殆ど見られまい。しかし、これを長くほッたらかしておくと、やがて街娼はボヘミヤン型に、公娼は保守農民型に、自然に性格が分れていくのも当然だ。

今度温泉都市法案とかなんとかいうものが生れて、熱海と伊東と別府、三ツの温泉都市を選び、国家の力で設備を施して、日本の代表的な遊楽中心都市に仕立てるという。これについては、住民の投票をもとめ、半数以上の賛成によって定めるのだそうだ。

温泉都市の性格は、たしかに、そのようなものでもあって、その設備は土地の人間の利害や好みだけで左右すべきものではなくて、いわば、日本人全体の好みによるべきものだ。熱海は熱海市民のものだけではなく、日本人全体のもの、遊覧客全体の所持物でもあるのだ。それが温泉都市の性格というものである。

だから、温泉都市の諸計画が、その土地の人たちの自分だけの利害や、小さな趣味で左右されるのは正しいことではない。

すくなくとも、熱海の復興は、かなり多く自分の利害をすて、遊覧客全部のもの、という奉仕精神を根本に立てることを忘れていないので、復興が完成すれば、熱海の発展はめざましいだろうと思われる。

食事は皆さんお好きなところで。閑静、コンフォタブルな部屋だけかします、というホテルがたくさんできて、中心街にうまい物屋がたくさんできれば、私は大へん助かるのだが、今度の復興計画には私の趣味まで満足させてくれるような行き届いたところはない。

しかし熱海はすでに東京の一部であり、日本の熱海であるような性格をおのずから、具えつつあるのだから、もう、これぐらいの設備を考えてもいいのじゃないかなと私は思う。

熱海のオジチャン

ヒゲたてて

糸川復興

りきんでる

しかし、てれる必要はないのである。なぜなら、今に日本の総理大臣官邸に於ては、大臣どもが閣議をひらいて、日本の糸川の建設計画について、ケンケンガクガクせざるを得ないようになるだろうからである。

熱海のすみやかなる、又、スマートなる復興を祈る。

ストリップ罵倒

私はストリップを見たのは今度がはじめてだ。ずいぶん手おくれであるが、今まで見る気持がうごかなかったから仕方がない。

悪日であった。翌日の新聞の報ずるところによると、本年最高、三十度という。むしあつい曇天なのだ。汗にまみれてハダカの女の子を睨んでいるのはつらい。しかし、先方も商売。又、私も商売。

日劇小劇場、新宿セントラル、浅草小劇場と三つ見てまわって、一番驚いたのは何かというと、どの小屋も女のお客さんが御一方もいらッしゃらんということであった。完全にいなかった。一人も。

裸体画というものがあって、女の裸体は美の普遍的な対象だと思いこんでいたせいで、ストリップに女のお客さんもたくさん居るだろうと軽く考えていたのがカンちがいというわけだ。エカキさん方がすばらしいモデル女だというオッパイ小僧もセントラルにでていたが、美しくなかった。なるほど前から見ると、胸が全部オッパイだが、横から見ると、肩からグッとピラミッド型に隆起しているわけではなくて、肩から垂直にペシャンコである。お乳だけふくらんでいて、美しい曲線は見られない。

画家はこのモデルから自分の独特の曲線を感じ得るのかも知れないが、その人自体は美の対象ではないようだ。

裸体の停止した美しさは裸体写真などの場合などは有りうるが、舞台にはない。舞台では動きの美しさが全部で、要するに踊りがヘタならダメなのである。昔の場末の小屋のショオは、大根足の女の子が足をあげて手を上げたり下げたりするだけの無様なものであったが、それにくらべると、今のストリップは踊も体をなしているし、そろって裸体が美しくなってることは確かであるが、裸体美というものはそう感じられない。

むかし、日本政府がサイパンの土民に着物をきるように命令したことがあった。裸体を禁止したのだ。ところが土民から抗議がでた。暑くて困るというような抗議じゃなくて、着物をきて以来、着物の裾がチラチラするたび劣情をシゲキされて困る、というのだ。

ストリップが同じことで、裸体の魅力というものは、裸体になると、却(かえ)って失われる性質のものだということを心得る必要がある。

やたらに裸体を見せられたって、食傷するばかりで、さすがの私もウンザリした。私のように根気がよくて、助平根性の旺盛な人間がウンザリするようでは、先の見込みがないと心得なければならない。

まず程々にすべし。裸体が許されたからといって、やたらに裸体を見せるのが無芸の至り。美は感情との取引だ。見せ方の問題であるし、最後の切札というものは、決してそれを見せなくとも、握っているだけで効果を発揮することができる。

だいたい女の子の裸体なんてものは、寝室と舞台では、そこに劃(かく)された一線に生死の差がある。阿部定という劇にお定当人が登場することが、美の要素であるかどうか、ということ。生きた阿部定が現れることによって美は死ぬかも知れず、エロはグロとなり、因果物となるかも知れない。

歌舞伎の名女形といわれる人の色ッぽさは彼らが舞台で女になっているからだ。ところが、ホンモノの女優は、自分が女であるから舞台で女になることを忘れがちである。だから楽屋では色ッぽい女であるが、舞台では死んだ石の女でしかないようなのがタクサンいる。ストリップとても同じことで、舞台で停止した裸体の美はない。裸体の色気というものは芸の力によって表現される世界で、今のストリップは芸を忘れた裸体の見世物、グロと因果物の領域に甚しく通じやすい退屈な見世物である。

いくらかでも踊りがうまいと、裸体もひきたつ。私が見た中ではヒロセ元美が踊りがよいので目立った。顔は美しくないが、色気はそういうものとは別である。裸体もそう美しくはないのだが、それにも拘(かかわ)らず一番色ッぽさがこもっているのは芸の力だ。吾妻京子がその次。しかし、生の裸体にたよりすぎているから、まだダメである。舞台の上の女に誕生することを知らないと、せっかくの生の裸体の美しさも死んだものでしかない。

セントラルのワンサの中で、小柄の細い子で、いつもニコニコ笑顔で踊ってるのが、私は好きであった。浅草小劇場で、踊りながら表情のクルクルうごく子が可愛らしかった。ニコニコしたり、表情がクルクル動いたり、たったそれだけでも、無いよりもマシなのである。たったそれだけで引き立つのだから、ほかの裸体はみんな死んでるということで、芸なし猿だということだ。

女の美しさというものは、色気、色ッぽさが全部、それでつきるものである。裸体とても同じことで、生のままの裸体を舞台へそのまま上げたって、色っぽさは生れやしない。脚本がうまくても、どうにもならない。舞台の上の色ッぽさというものは、芸の力でしか表現のできないものだ。

顔も裸体も決して美しいとは云われないヒロセ元美に人気があるというのは、見物人が低脳でないことを示している。舞台の色気というものは、誰の目にもしみつくはずだ。とにかくヒロセ元美の裸体にだけは色気がこもっている。舞台の上で、一人の女に誕生すること、それは芸術の大道で、ストリップも例外ではない。生のままの裸体の美などというものは、これから一しょに寝室へはいるという目的や事実をヌキにして美でありうる筈はなく、その目的や事実をヌキに、単に裸体をやたらにさらけだされては、ウンザリするばかり、この両者のバラバラの結びつきは、因果物の領域だ。見る方も、見せる方も、因果物なのである。

しかし、因果物というものは、いつの世にも場末に存在するもので、私も因果物を見るのがキライではない。しかし、ストリップは因果物になりきってもいない。誰も好んで因果物になりたくはなかろう。困果物というものは、それを見る方も一匹の困果物に相違ないから、因果物になるには覚悟や心構えがいるように、因果物を見る方にも、覚悟も心構えもいるものだよ。誰だって、自分自身が一匹の因果物だなどと好んで思いたくはないが、こうむやみに芸なし猿の裸体ばかり押しつけられると、自分まで因果物に見えて、気が悪くなるよ。

阿部お定女史が舞台に立ちたいというから、あのときは私が半日がかりでコンコンと不心得をいさめたのである。本人が舞台へでるというのは、因果物だからである。生の裸体が舞台へあがるのも、それと同じことである。美や芸術は見る人を救うが、ストリップは因果物の方へ突き落してくれる。

8888という自動車は浮気のできない車だ。この車の持主は文藝春秋新社。私はこの車にのっている。半死半生である。私がこの車にのるときは、銀座から、新宿、上野、浅草へと駈けまわる運命にあるようである。今度もそうであった。

浅草の染太郎へたどりつく。

「ちょッと淀橋タロちゃん呼んで下さい。どッこいしょ。死にそうだ」

「それが、先生。タロちゃん、出世しやはりましてん。撮影所へ行ってはりますわ」

「ヤヤ。タロちゃん、スターになりましたか」

「いいえ。脚本どすわ。このところ、ひッぱりだこや。忙しそうにしてはりますわ。身持もようなって、感心なもんや」

浅草で大阪弁とはケッタイな。こう思うのは素人考えというものである。浅草は大阪と直結しているところだ。この店の名が染太郎、オコノミ焼の屋号であるが、元をたずねれば漫才屋さんのお名前。種をあかせば、納得されるであろう。浅草人種は千日前や道頓堀と往復ヒンパンの人種でもある。

淀橋太郎は浅草生えぬきの脚本家であるが終戦後突如銀座へ進出して銀座マンの心胆を寒からしめた戦績を持っている。今から三年ほど前、日劇小劇場にヘソ・レビュウというのが現れて人気をさらったのを御記憶かな。このヘソ・レビュウの発案者、ならびにヘソ脚本の執筆者が淀橋太郎であった。つまりストリップの元祖なのである。

「ヘソをだしゃ、お客がきやがんだからな。バカにしやがる」

元祖は酔っ払って嘆いていた。長い年月軽演劇というものに打ちこんできた彼にしてみれば、女の子がヘソをだすや千客万来とあっては残念千万であったろう。

「こうなりゃア、お定ですよ。もう、ヤケだよ。ホンモノのお定を舞台へあげますよ」

「因果モノはよろしくないよ。よしなさい」

「いえ。ヤケなんだ」

三年前といえば、浅草人種は何が何だか分らない時代であった。お客が何に喰いつくか、好みの見当がつかなかったのである。てんで分らねえや、と云って、淀橋太郎と有吉光也が渋面を寄せてションボリしていたものだが脚本家にとって、お客の好みが分らないぐらい困ったことはなかろうから、当時の彼らの苦しみは深刻であった。

「どうも純文学ものが、うけるらしいですよ」

当時彼らはそんなことも言っていた。そして私の小説などもとりあげてやったが、一時はそれで成功したようである。しかし、それも短い期間で、淀橋太郎らの新風俗は解散し元祖が一敗地にまみれて、映画に転向してから、ストリップの全盛時代がきたという、めぐり合せの悪い男である。

お定をひッぱりだす、という時には、もうヤケクソであったようだ。けれども、お定劇の主役にするというような大ゲサなものではなくて、幕間にちょッと挨拶するというプランであった。淀橋太郎は、そうあくどいことのできないタチで、ヘソの元祖でありながらアブハチとらずの因果な男だ。

お定はこれを断って、別口のお定劇の主役の方をやった。これは大失敗が当然で、去年彼女に会ったとき、

「淀橋さんの方でしたら、きっとよかったでしょうね」

と言っていたが、淀橋太郎の方でもダメだったろうと私は思う。因果物は、そう長つづきはするはずがない。阿部お定自身はダテや酔狂でなく役者になりたがっていて、芝居をしこなす自信があったようだし、相当芸が達者だったという話であるが、見物の方は因果物としか受けとらないから、どうにもなりやしない。

「タロちゃんをヘソの元祖とみこんで、わざわざやってきたのだが、さりとは残念な。今日は一日ストリップショオの見物に東京をグルグル駈けまわってきたのだよ。最後に浅草でタロちゃんに楽屋裏を見せてもらいたいと思ってね」

「それでしたら、都合のいい人が来合してはりますわ。隣りの部屋にヒルネしてござるのは浅草小劇場の社長さんや」

ヒルネの社長はニヤリニヤリとモミ手しながら現れた。イヤ、どうも。さすがに浅草。奇々怪々なる人物が棲息しているものだ。相当な御年配だが、ストリップの相棒の男優が舞台で着るのと同じハデな洋服を、リュウと又、ダブダブと、着こんでいらッしゃる。

「さ、ビールを、一ぱい」

「ヤ。私は一滴もいただけないのでして」

社長は辞退して、おもむろに上衣をぬぎ、満面に微笑をたたえて、

「浅草小劇場は家族的でして、私が社長ですが、社長も俳優も切符売りも区別がないのですな。私が切符の売り子もやる。手のすいてる子が案内係りもやるというわけで、お客様にも家族的に見ていただこうという、舞台は熱演主義で、熱が足りない時だけは、私が怒ることにしております。ストリップは専属の踊り子が十二名おりまして、数は東京一ですが、目立った踊り子はいません。しかし、ストリップ時代ですな、浅草におきましては、日本趣味がうける。和服からハダカになる。これが、うけます」

「踊り子の前身は」

「それぞれ千差万別でして、女子大をでたのが居たこともありますが、概して教養はひくいですな。ところが、ストリップの踊り子はハダカより出でてハダカにかえる、と申しまして、相当の給料をかせぎながら、常にピイピイしておる。ストリップの踊り子に後援者はつきません。当り前のことですな。自分の女をハダカにして人目にさらすバカはいません。踊り子は自分で男をつくる。男の方を養ってる。そこでストリップの踊り子の情夫は最も低脳無能ときまっております。女の方が威張っておりまして、情夫への口のきき方のひどいこと、きいていられな

いあさましい情景で、腹のたつときがありますな」

「給料は」

「ワンサで、日に五百円。一流の子で二千円から二千五百円ぐらいのようです。ところが奇妙に、踊りのうまい子はハダがきたない。必ずそうきまっているから、ジッと見てごらんなさい。よく見るとシミがある。フシギにそう、きまったものです」

この御当人の方がフシギであるから、お言葉を真にうけていられない。

案内されて、浅草小劇場へのりこむ。おどろいたね。

焼跡にバラックのミルクホールがあったと思いなさい。それがこの小屋の前身なのである。そこへ舞台をくッつけて浪花節をかけたのがつぶれたあとへ、この社長氏がたてこもったのである。彼は骨の髄からの浅草狂で、軽演劇とバラエテ、浅草の古い思い出が忘れられないのである。

見物席の横ッちょに音楽と照明席をとりつける。ミルクホール、浪花節、レビュウ小屋と、たてますたびにデコボコにふくれる。ツギハギだらけのデコボコである。はじめは一日に五十人という悲しい入りが何ヵ月かつづいたそうだ。

役者も踊り子も食えない。二日ぐらいずつ御飯ぬきで、ヒロポンを打って舞台へでる。メシを食うより、ヒロポンが安いせいで、腹はいっぱいにならないが、舞台はつとまるからだという。それでも浅草と別れられない。それが浅草人種の弱身でもあり、強味でもある。

ストリップをやりだしたら、にわかに客がふえた。そこで舞台をひろげて、楽屋をくッつける。又、デコボコがふえたのである。うしろはズッと焼跡だから、もうかり次第、まだデコボコのふえる余地は甚大である。表から見たところでは、とにかく便所はあるだろうが、楽屋などというものが、在るようには見えないが、三畳ぐらいの小部屋が六ツぐらいも、くッついている。ちゃんと一通りそろっているのが手品のようなグアイで、おもしろい。しかし、客席から楽屋へ行くというような器用なことはできなくて、外をグルッと一周しなければ行かれない。

この小屋はデコボコ・バラックの雰囲気によって、おのずから成功の第一条件をにぎったといえる。このデコボコは、たくんで出来る性質のものではない。社長、従業員、支配人、案内係りなどとキチンと取り澄まそうたって、このデコボコが承知しやしない。イヤでも家族的にならざるを得んじゃないか。見物人も他人のウチへ来たような気はしなかろう。お膝を楽に、などと云われなくたって、お膝を楽にする以外に手がないという小屋だからである。この効果はマグレ当りであるがこの小屋の強みであることに変りはない。

ここのストリップは、表情のクルクルうごく子が、変に新鮮で可愛らしい。素人あがりで、見よう見マネで一人でやってるのだそうだから、天分があるのだろう。あとの子は昔ながらの浅草レビュウで、体をなしていない。

男と女が現れ、クロール、ブレスト、バタフライ、水泳をまねた踊りをはじめた。ストリップの踊りとしては新鮮な思いつきだと思って、見ていると、踊りがダメで、ハシにも棒にもかからぬものになってしまった。

芸である。ほかの文句は無用、芸が全部だ。こういうデコボコ・バラックで見るにたえる芸人をとりそろえると、時代の名物になる可能性は甚だ多い。旅の心、ノスタルジイとか、ふるさと、などというものに、小屋自体の雰囲気が通じているからである。

気がつかないと、なんでもないが、ズラッとみんな男だけ、それも相当の年配なのが、目玉をむいてギッシリつまっているというのは、それに気がつくと、どうもタダゴトならぬ気配である。

見物人の一人としてこの気配の中に立ちまじっていても胸騒ぎがするぐらいだから、経営者側には、これが頭痛のタネなのは当り前だ。GIはキャアキャア喚声をあげ、女の子のハダをなでたり、一心同体のうちとけぶりを現すが、日本人の観客は拍手ひとつ送らないのである。これに気がつくと凄味がある。音もなく、反応もなく、ただ目の玉が光っているのである。タメイキをもらすわけでもない。実にただ黙々と、真剣勝負のような穏かならぬ静かさである。

そこでかの浅草小劇場の社長先生が考えたのである。GIだけ人間の質がちがうというわけはない。日本人だって酔っ払えばＧＩなみなハデな喚声をあげる仁もある。素質がないわけではないのだから、こっちのやり方ひとつで、日本人をＧＩなみの見物態度に誘導できないはずはない。

そこでストリッパーを踊りながら客席へ降ろすことを考えた。踊りながらタバコをすう。口紅のついたタバコを見物人にさしあげる。

ところが、もらってくれないのである。三人のうち二人は身体をねじむけて、ソッポをむいてしまう。一人はわざと渋々うけとり、まずそうに吸ってペッペッとやる。そうかと思うと一人は三分の一だけ吸い、残りをうやうやしく紙にくるんで胸のポケットへ大事にしまいこんでしまった。拒諾いずれにしても沈々として妖気がこもってることに変りはない。

日本のストリップショオの見物人を家族的にうちとけさせるのは実に一大難事業であるというのが彼氏の結論であるが、これも、一方的な、手前勝手な言い分なのである。

踊り子が生きとらんじゃないか。彼女は踊り子ではなくて、生の裸体にすぎんじゃないか。沈々として妖気ただよう見物人と全く同質の単なる肉体にすぎないのである。

肉体がタバコをすって、ギコチないモーションで口紅だらけのタバコをつきだせば、誰だってギョッとすらあ。これにスマートな応対をしてくれたって、ムリのムリですよ。

お客をうちとけさせるには明るく軽快でなければならず、これも芸を必要とする。芸なし猿が口紅だらけのタバコの吸いさしを突きだすなどとは、アイクチを突きだすぐらい穏かならぬ怪事としるべし。生き生きとした笑顔ひとつ出来ないというデクノボーのような肉塊にすぎないのだもの。

見物人にインネンをつけるよりも、踊り子の芸を考えてみることである。

先般、文藝春秋だかに、メリー松原と笠置山の対談があって、メリーさん曰く、肉体が衰えてはいけないから情事をつつしまねばならぬ、とある。こんな物々しい考え方もしてみたいのだろうが、ムダなことだよ。芸だけ考えればタクサンなのである。芸というもの、舞台の上で女に生れるということを本当に心得ていないから、肉体の衰えだの、情事だのくだらぬことを考える。むしろ正確に情事を学ぶ方がいくらか芸のタシにはなるだろうさ。

私がストリップ見物に出発とあって、迎えにきた8888にのりこむと、旅館のオカミサンや女中サン大変なよろこびようで、

「ストリップ見せてえ！　つれてきて下さいよう！」

歓呼の声に送られて出たのである。

内職の座敷の踊り、その道で「全スト」という。さすがにゼネストとまぎらわしい穏かならぬ言葉であるが、一糸まとわぬストリップの意味なのである。

しかし舞台のストリップを見れば一目瞭然であるが、このうえ全ストなどというものはそれ

ばッかりはゴカンベンという気持になる。もっとも、全ストから寝室へ直結するという意味だったら、通用する。寝室へ直結するだけの生の裸体でしかないのだから。そして、もし、寝室へ直結しないとしたら、全スト見物などということは、一番みすぼらしく哀れな自分自身を見物することでしかないのである。全ストは踊り子よりも見物人の方が見物であろう。踊り子の方は、まだしも、商売だからな。

しかし、この商売ということで、生の裸体を売る稼業はパンパンであって、舞台で売るものではないはずなのだが、踊り子さんの大多数はパンパン・ストリップでしかない。寝室へ直結するだけの生の裸体でしかないのである。こんなストリップは、とても春画に勝てない。春画の方は超現実的な構成が可能だからである。

春画を見るとき、どんな顔付をすべきか、というようなことは、どこの大学校でも教えてくれないだろうが、大人物ともなれば、悠揚(ゆうよう)せまらぬ春画の見方というような風致あふるる心構えがあるのかも知れない。しかし春画を見るに際して、悠々として雅趣に富んだ顔付をしてみたって救われるものではないだろうね。だいたい、悠揚せまらぬ顔付をすることだけでも、たいへん顔に心を使っていることがわかる。

ストリップもそうで、たいへん顔に心を使う。顔に心を使わせるようでは、芸ではない。いくらか芸のうまい子、ニコニコした子、クルクル顔のうごく子などだと、顔に心を使わずに打ちとけることができるのである。見物人に大人物の心構えを思いださせるようでは、とてもダメだ。だいたい、拍手も、タメイキも起らぬ。いかなる物音も起らぬという劇場は、妖怪屋敷のたぐいにきまっているな。

私も商売であるから、日劇小劇場では、一番前のカブリツキというところへ陣どり、沈々としてハダカを睨んでいる。女の子のモモが私の鼻の先でブルンブルン波うち、ふるえるのである。決して美というようなものではない。モモの肉がブルンブルン波うつなどとは、こっちは予測もしていない。ギョッとする。そのとき思いだすのは、大きな豚のことなどで、美人のモモだというようなことは、念頭をはなれているのである。

わざわざ仮面をかぶり、衣裳をつけて、現れる。これを一つ一つ、ぬいでいく。ぬぐという結論が分っているから、実につまらん。どうしたって脱がなきゃ承知しないんだというアイクチの凄味ある覚悟のほどをつきつけられている見物人は、ただもう血走り、アレヨと観念のマナジリをむすんでいるのである。どうしたって、脱がなきゃならんのか。コラ。

それは約束がちがいましょう、というようなことは、どこにでもある手練手管であるがストリップショオに限って、コンリンザイ約束をたがえることがない。こう義理堅いのは悪女の深情けというもので、ふられる女の性質なりと知るべし。

かの社長さんが満面に笑みをたたえて、こうおっしゃった。

「しかし、ストリップはつまらんですな。熱海かなんかで、男女混浴の共同ブロへはいる方が、もっとええでしなア」

御説の通りである。芸のない裸体を舞台で見るよりは、共同ブロへはいった方がマシであろう。

私は浅草小劇場から、座長の河野弘吉をひっぱりだして、ヤケ酒をのんだ。

「私は芸にうちこんできたつもりですが、ハダカになりゃ、お客がくるんですからな」

まア、あきらめろよ。しかし、芸というものは、誰かが、きっとどこかで見ていてくれるものだ。

田園ハレム

※一九四五年、進駐軍向けの慰安所として、小岩に赤線地帯「東京パレス」が設けられた。元々は時計工場の寮であった建物を、改装・転用したという。

大戦争のあとというものは何がとびだすか見当がつかない。日本全土の主要都市が焼野原だから、どういう妖怪変化がとびだしても不似合ということはない。

覚悟はしていたことだから、パンパンやオカマや集団強盗など月並であったが、アロハにはおどろいた。

なにぶん、アロハというものは、妖怪として登場したものではない。ともかく焼跡にも建設的な気風が起り、いたずらに戦争の惨禍を身につけてデカダンスに身をもちくずしてはいかんというような大方の輿望（よぼう）にこたえて、美とは何ぞや、これである。戦後、美意識の初の出動がアロハであったから、この次には何がでるかと思うと、怖れおののいたのである。

ストリップなどというものは、着物をぬげば誰でもなれるのだから、創造せられたもの、衣裳とよぶことのできない原始風俗であるけれども、アロハは衣裳であるぞ。アロハは風をきり、銀座の風も、新宿の風も、奥州蛇谷村の風も、みんなアロハにきりまくられた。女の影のうすいこと。パーマネントで対抗につとめても、とても敵ではなかったようだ。

美神の登場で、こんな唐突なのは歴史に類がなかったかも知れない。概して都心の流行というものは、モガモボにせよ、いくらか当代の最高芸術に心得もあり、寄らば逃げるぞという人種のものであったが、戦後の都心はクリカラモンモンの熱血児に占領されて、日本中、アロハとパンパンに完全にいかれてしまった。

フォーブなどというのはアトリエの小細工だが、アロハは熱血躍動する美の化身そのものであるぞ。芸術家の創造能力などというものは箱庭のようなものだ、と私がシミジミ嘆いたのは当然だ。巷談師安吾の想像力がタカの知れたものであるのは当然らしいが、ダ・ヴィンチにしたところで、けっしてアロハほど唐突なイマジネーションをめぐらしてはいないのである。原子バクダンでもチャンと筋は通っている。アロハの出現に至っては筋はない。アトリエや研究室のハゲ頭どもは、一撃のもとに脳天をやられ、毛脛(けずね)をやられ、みんな、おそれ入りましたと言った。

アロハは突如として消え失せてしまったが、世を忍び、地下へくぐったにすぎない。美神アロハは生きている。否、生きているどころか、指令を発し、現に美のもろもろはアロハの大きな手におさえられているのである。恒星アロハをめぐる小遊星のタップダンス程度なのが今の世の流行であり芸術だ。それぐらいアロハは大きい。

フジタが河童アタマでモンマルトルの奇襲作戦に成功をおさめても、モンマルトルが河童アタマになったわけではないのである。わずかに東京の大辻司郎の頭がそうなったにすぎないほど感化力は弱小であった。フジタほどの芸術家が日夜に想をねり、たくみにたくんで編みだした創作も、ただ彼自身のポートレートをかざるだけのものにすぎない。だから、芸術家の如きはダメだ。彼らの傑作もたかが小遊星である。流星ですらない。アロハは恒星であるぞ。

美神アロハの登場は現世を暴力によって一撃した。それをきたアンチャンの腕ッ節のせいではなくて、着想の革命的な新風によってだ。美神アロハの創世記。そして爾後の芸術は、新恒星をめぐって歩きだす。仕方がない。アロハは地下へくぐったが、決して死なないのである。

諸君は敵をあなどっているようだ。しかし諸君、地下へくぐったものを甘く見てはいかん。徳球ごときチョロチョロのホーキ星とは質がちごう。とてもダメなんだ。ぼくはもうシャッポをぬいで、敵意をサラリとすてている。それはぼくがかねて美の新しい衣裳について想をねるところがあったから、敵の抜群の実力を見ぬく神速にめぐまれていたのである。一時抗戦したが、すぐ白旗をかかげた。謀略的敗退とちごう。私の心境は明鏡止水である。

アロハは完全に地下へくぐった。銀座を歩いてみたまえ。あれほど抜群であったＧＩの兵隊服が全然目をひかなくなったではないか。男女いずれも程よく美の常識を身につけ、文化というものの必然の相を身につけて、げにうるわしく破綻がない。特にギャバジンのダブルという洋服をきて、単原色のネクタイをクビにはためかす青年紳士は三年前にアロハをきていた人たちである。美神アロハの暴力革命的な荒々しい躍動は、うかがう由もなくなったのだ。

私はしかし美神アロハの実力、潜勢力というものを信じていた。必ず、やる。今度やるときは、タダではすまんぞ。

地下へくぐったとみせて、いたるところに五列を忍ばせてしまった。ダブルのアンチャンなどは、むしろ五列でもなんでもなく、単に無邪気なマネキンにすぎなかったのだ。

五列は、どこにいるか。実に、驚くべし。美神アロハに激しく敵対したもの、それが全て、実は五列であったのだ。見たまえ。共産党は、とても、こうはいかぬ。自由党が共産党の五列であるというようなことは、断乎（だんこ）として有りえないのである。

見たまえ。今にアロハは徐々に地下から首をだす。しかし、諸君には分らない。ストリップ？　バカな！　あんなものは偉大なアロハには無関係だ。彼が復活するまでの空白をうめているにすぎないのである。

アロハが徐々に顔をだすとき、その覆面を見破ることができるのは、私だけなのである。私の指し示す時をまて、私はこういって、カストリどもに訓示をたれた。

「いいか。諸君。アロハが復活するときは、決してアロハをきて現れはしないぞ。燕尾服（えんびふく）やタキシードをきている。諸君のノスタルジイと合作して現れてくるのだ。つまり、諸君はすでに彼の共力者（共犯者とは言わん。アロハは犯罪ではない）であるから。それゆえ諸君は、諸君の中へ没したアロハの姿を見ぬくことができないのである。アーメン」

地にくぐること満二年。アロハはそろそろ復活のキザシを示しはじめた。私はそれを認めたのである。

私の予言は正しかった。彼は完全にアロハをぬいでいた。なつかしのノスタルジイと合作し、いとも優美な生活芸術の善美結構つくせる姿を示していたのである。

予言にしたがって、諸君をそこへ案内するときが来たわけだ。

小岩というところは何県に属しているか？　千葉県か？　東京都か？　ここがむつかしい。十人のうち、五人まちがう。小岩？　そうか。あすこにはオハグロドブがあるぞ。バラバラ事件、首なし屍体、そんなのがあると、みんな小岩とちごうか？　わかった！　あれは警視庁が捜査する。東京都だ！　小岩はお岩に似ているせいか、東京の人間は犯罪によって小岩を記憶しているようである。実は東京都小岩である。美神アロハの復活は、実にこの地を選んで、行われた。

ここは、又、雨がふると、洪水になる。一つとして良いとこがない。そこが曲者なのだ。これが先ず銀座に現れたというのでは、全然センスがないのである。

その名は、東京パレス！

私たち（この同行者の姓名をかくと処罰される）を乗せた自動車は新小岩駅前の繁華街をうろうろしている。運転手は首をひねって、

「たしか、この辺のはずだが」

「君、知らないのか」

「え？　ええ。しかし、ここが賑やかな中心地だから、この辺に……」

「とんでもない！」

私は叫んだ。

「東京パレスは広茫たる田ンボの中にタッタ一軒あるんだよ」

私は見たわけではない。私は友だち（これも姓名をかくと処罰される）に東京パレスの情景を微に入り細にわたり叙述をきかされているのだ。ギャクギャクゲロゲロという一面蛙の鳴き声を、自動車の速力でものの三分もきいて走らねばならないほど、見はるかす田ンボの中にポツンとある。と、そこに繰りひらかれる絵巻物こそは。まて、まて。もッと、落付いて、語りましょう。

私はこの殿堂へふみこんだとき、

「ハハア。これは兵営のあとだな」

と、ひとり合点をした。ひろびろと暮れゆく田ンボ。これぞ兵舎をかこむ練兵場、飛行場のあとである。私がそう思うのもムリがない。この建物は一聯隊の兵舎、銃器庫、聯隊司令部、講堂などに相応し、それ以下のものではない。離れたところに、ちゃんと営倉の建物も残っているではないか。ところが、これが大マチガイで、案内者曰(いわ)く、

「ちがいますよ。これは精工舎という時計工場の寮のあとですよ」

「ハア。田ンボのマンナカに工場というのはきいたことがあるけれども、寮とは妙だ。工場がないじゃないですか」

「工場ははるか亀戸にあるそうです。戦時中、ここに何万という（嘘ツケ）工員が白ハチマキをして、住んでおりまして、講堂でノリトをあげて、それより木銃をかついで隊伍堂々工場へ駈足いたしましたそうで」

寮とは妙だ。見はるかす田ンボのまんなかじゃ、白ハチマキの工員さんは、浩然の気を養うに手もなく、もっぱら精神修養につとめなければならなかったろう。戦争の匂いがプンプンする。

それが今や東京パレスである。

さて、東京パレスとは何ものであるか。

まず、講堂ならびに銃器庫とおぼしきあとが、ダンスホールである。この見物料五十円。ティケツ十枚百五十円（このとき見物料不要）。

ホールは広大にして汚い。正面に一段高く七名のバンドが陣どり、それに相対して見物人の席がある。見物席は駅のプラットホームと待合室を区切る柵のようなもので仕切られている。

私がこの柵をまたごうとしたら、子供の整理員が、

「イケマセン。グルッとまわりなさい。ホールの礼儀を守って下さい」

叱ラレマシタ。

すでに推理されたと思うが、見物人が踊るには不都合にできている。どうせ踊りやしないんだろう、と先方で一人ギメにしているらしい風情なのである。テーブルもイスもあってビールをのもうと思えば取りよせてのめる仕掛だが、ボーイとおぼしき風態の人物がいるわけではない。子供はいるが、彼は戦争中の服装で、誰かがビールをのむことに興味をもっていないようだ。イスとテーブルも兵舎的実用品で、席へつけば一同が実用的な心構えになることを慫慂（しょうよう）されているようである。警官の臨観席の坐り心持であった。イスとテーブルが、私のお尻からささやいて、きびしく命令している。

「よく睨め。ジッと睨め」

そこで私は睨まなければならんのである。

私の眼前には三百人の美姫（びき）が楚々（そそ）として踊っている。私に東京パレスを精密に叙述して一見をすすめた友人（頭に特徴のある人物）は、こう教えた。

「そこには二百人の美姫がイヴニングをきて踊っているです。イヴニング！　しかして、全部、美人である！　よく揃えたなア。彼女ら二百人の三分の二は、東京のマンナカ、と云えば銀座、銀座のダンスホールの美人とよばれるダンサーに劣るものではないですぞ。ぜんぜん見劣りしないね。むしろ、より美しきものである。そのフェースに於（お）いて、スタイルに於て、銀座のダンサーだにすらも、かの二百名の美姫にくらぶれば、ああ、だにすらも」

彼は刺戟（しげき）性の事物に近づくことが適しない人物のようだ。前後不覚に亢奮（こうふん）しやすい。

しかし彼の腹心（彼には腹心がある）が、彼のために、こう弁護した。

「彼がここへ来たのは一カ月前です。そのときは、たしかに美人が多かったらしいです。時の一行は概ね逆上的に心酔しておったです。ぼくも、その時、来ればよかったなア」

予言者は世に容（い）れられないものである。美神アロハも一応予言者ぶったフリをしてみたかったのだ。そこには使徒巷談師というものが現れて、やがてその福音を説くことが定められていたせいらしい。

一時世に容れられなかったのだ。というのは田ンボのマンナカの一軒屋という高貴の風俗が異教徒どもに分らなかったからである。彼らは銀座にのんだくれて、円タクをよびとめる。

「小岩！　いくら」

「千円」

「八百円にまけろ」

畜生！　円タク代、八百円か！　翌日、恨みをむすんで帰る。オノレ、円タク。異教徒は恨み深い。

東京駅前から市川行というバスにのるのである。田ンボのマンナカの一軒屋の前へ、自家用車のごとくピタリと止る。この料金、三十円。美神アロハの配慮にソツはないのだが、異教徒は酔っぱらうとムヤミに気が大きくなって、翌朝円タクを呪うのである。

こういう次第で、異教徒どもは離れ去り、ハレムに閑古鳥がなき、三百人の美姫のうち、目ぼしいのは去ってしまった。これ即ち、やがて巷談師の現れて福音を説けばなり、という予言を行うためである。

私がでかけたとき、美姫は百六十何名に減っていた。あんまりお客がこないので、エエめんどくせえや、というわけか、それとも美姫の新入生でイヴニングが間に合わないのか、美姫の半数ぐらいは、昼の服装で踊っていた。

四五人の半ソデシャツのアンチャンが美姫を相手に踊っているほかは、美姫は美姫同志で踊っている。他のダンスホールの女の子は、女同志で踊るときには、怒ったような顔をして、なんとなくヤブレカブレのように怖しい様子であるが、ここの美姫はノンビリして、充分にニコヤカである。他のダンスホールのように、男の子がすすみでてくるのを待っている女の子は一人もない。そんなシミッタレた料簡は、このホールには徹底的にないらしい。

つまり、男の子は見物させておくのだ。睨ませておくのだ。ジッと。男の子が踊っちゃ悪いというわけじゃない。踊りたけりゃ、柵をグルグルッとまわって、お金をだして切符を買って女の子をつかまえりゃいいんだけれども、何もそんな面倒して、お金を使って、そんなことしなくッてもいいだろう、という料簡でもあるらしい。美姫たちは男の子が踊りを所望するというようなことに殆ど興味がない様子である。

しかし、彼女らは楚々と、そして、軽々と、たのしそうに踊っている。あらわな肩に汗がジットリと、ライトに白くてりはえていても、あつそうな顔一つしない。舞台の女優と同じように、芸熱心で、又、明るい。

なんのために我々はジッと睨んでいなければならぬか。又、彼女らは我々を睨ませておくか。我々に恋人を探させるためなのである。さては新式の張り店か、なんて失敬なことを云ってはいかん。どこの世に恋されようという料簡をもたない女の子がいるものですか。一人にも万人にも恋されたいとね。舞台の女は舞台で、散歩の令嬢は路上に於ても、恋されたいことを忘れているわけではないのさ。

三百人の美姫が、見知らぬ恋人のために、楚々と軽々と、にこやかに踊っているのは、充分に当り前のことである。

サッサッと、すべりも軽くすすむ。サッサッと。ヒラリ——どうも、こまった。私は誰かさんのように、逆上し、又、亢奮する筈がないのである。しかし、動くということは、いいもんだなア。サッサッと。ヒラリ。

美姫を選定するのに、顔だけを見て選ぶバカはないです。ジッと立ってるスタイルだけでもいかん。ミス・ニッポンを選ぶたって、歩かせる。歩かせるぐらいじゃ、いかん。ウ、あの女の子は、よく歩くなア。九十五点だ。なさけないなア。ミス・ニッポンの選び方というものは。踊らせなければいかん。サササッと。ヒラリ。美の真価は、そのとき、男の目にしみわたるのである。

先月号に散々悪口を弄したけれども、ストリップ・ショオというものは因果物なのである。あそこでも見物人はジッと睨んでいる。東京パレスの男の子もジッと睨んでいるけれども、ここには持てる者の余裕があるね。持てる者はいいもんだなア。

ストリップの見物人は、持たざる者の悲しさを最も端的にあらわしている。息をこらし、眼は血走り、手を握ってギュッと拳をヒザに押しつけ、必死必殺、殺気がこもっているよ。そして、約三時間、女の子の裸の姿を睨みぬいたあげく、どうするかというと、椅子から立って振向いて、満員の同志をかきわけて、女の子のいる方の反対側の戸をあけて廊下を歩いて、ボンヤリ外へでるのである。なんたることだ。あんなにキチガイめいて女の子の裸体を睨んだあげく、彼は女の子にお尻を向けてポカンと反対側の戸外へでてボンノクボをさすって、アクビをしているのだ。持たざる者、難民の悲しき姿である。これを因果物というのである。

東京パレスに於ては、アベコベだ。彼らの睨みは全的であるけれども、福徳円満である。持てる者は、どうしても、そうなる。しかも彼の前にヒラヒラ、サササッ、ヒラリ、蝶かの如くに舞い踊るのはイヴニングの美姫である。射的屋の蔭から襲いかかってシャッポを強奪したり、ムンズと組みつく女レスラーのたぐいではない。

かの友人、ええと、誰かが何とか云ったッけ。ええと、その人が言ったように、よく揃えたもんだなア。まアね。彼の逆上的な観察にも狂いはあるようだが、まア、揃えるという精神はあるだろう。ダンサーたることを第一に、美というものを念頭においている方針の片鱗はわかるのである。たまたま目下予言者の宿命中で、閑古鳥はなき、美姫は立ち去り、事志とちがって、大いに困っているけれども、美神アロハの大魂胆が全然影を没するということは有りえない。かの人物が言うように、銀座のナンバーワンが二百人集っているというのは逆上的であるけれども、ストリップの踊り子ぐらい、ザラにいるなア。コッちの女の子をハダカにすれば、東京と大阪のストリップ劇場を占領して、オツリがくるほど人材がいるんだぞ。田舎まわりの因果物みたいな変な子はいないんだぞ。昨日までは、もッと、いたんだぞオ。だけど、だんだん、へるんだぞオ。

美神アロハは復活した。そは実に、持てる者は幸いなるかな、という福音をひろめるためであったのである。

それは又、ストリップや、射的屋の蔭に腕をさする女レスラーや、今か今かと男の子がさそいにくるのを陰にこもって待ちかまえている壁際のダンサーや、すべて異端の貧しく持たざるものを放逐するためでもあったのである。

ダンス・ホールは八時半だか九時だか九時半だかに終る。茫漠として、私はその時刻が何時であったか記憶がないが。そのときに時計を見て時刻などを知るという落付きが、それほど賞讃されたことではないのであるな。

そして、美姫の一人を恋人として、彼女の部屋へ行くのである。

又、二百人の美姫が全部踊ることはできないから、四ツかの組にわけて、一晩に一組だけ踊る。他のホールに現れざる四分の三に恋人がいるかも知れぬと思う人は、彼女らの部屋の方をさがせばいい。

彼女らのハレームは五ツの棟にわかれている。各々二階建である。

さて彼女らの各々の部屋であるが、これがちょッと、こまるんだねえ。つまり、これは、一度はハリツケにかかるという宿命を行うためであるから、仕方がないように出来ているのだなア。

戦争中は二十人か三十人の白ハチマキがねていたと思われる大きな一部屋を、まず、横に二つに分ける。前方と後方に二分するわけだ。前方は、ちょッと喫茶店めいてイス、テーブルがあり、ちょッとした炊事場みたいなものもついている。後方を四ツか五ツに区切って、この広さが二畳半かな、ここが、彼女らの部屋だ。区切れ目がよくて、窓に当った部屋はいいけど、四分の一、ひどいのは五分の一ぐらいしか窓にかからんのが在るんだなア。

巷談師は予言者の宿命を行うためらしく、五分の一しか窓に当らぬ部屋へ静々と招ぜられたのである。しかし美姫は巷談師がビールをのんでいる間というもの、扇風機よりも休みなくウチワであおぎつづけてくれました。全然辛苦をいとわんのだな。窓ぐらい、無くたって、なんだ！　東京の奴らは知らねえな。ウチワというものがあるんだぞオ。

ダンスホールと五棟のハレムの間には、飲食店が五ツ六ツ並んでいる。スシ屋というのが一ツ。オシロコ屋というのが二軒だか三軒あったよ。オデン小料理、ビヤホールという男子用のものがなかったのさ。のぞいて歩いたら、オシロコ屋というのにビールがあったよ。オシロコを食わなくっても、チャンとビールをのませてくれた。第一安いや。いくらだと思う。もっとも、ここのビールはのむ場所によって値段がちごう。ダンスホール、ハレム、オシロコ屋、三ツとも違う。ホールで二百五十円、ハレムで三百円、オシロコ屋で二百円だったかな。女の子の部屋でのむのが一番高い。

「オデン屋ぐらいないのかな」

と呟いたら、支配人が、

「ええ、手前どもは、できるだけ優美典雅に、又、できるだけ安直に、美とたわむれていただきますために、男子用の散財店をさけまして、実用品店と、女子必需品店、オシロコ屋でありますな、そういった気分であります。お客様がよけいなことで、気前よくあそばす、又、ギョッとあそばす、いずれも、当会社は、かたく慎しんでおります」

バカに心がけがよいのである。理髪店が一軒ある。ここらあたりは、気がきいてるな。一人のオヤジサンが熱心に誰かの頭をかっていた。夜、頭をかって、美姫に対面に赴くべきや。朝、頭をかって、何食わぬ顔。会社へ出勤すべきや。ここへ遊びにきた男の子は、どうしてもこの難問題を考えなければならない。

案内人（文春の誰かさん）はニヤリと笑って言いました。

「それは夜かるべきですよ。オールナイト八百円の時間まで、頭かって待ってるです。オシロコは胃にもたれるし、ビールは高いし、頭かるのは実用的で、全然もうかッとるですから」

アプレゲールは全然エライよ。

私は先月、南雲さんの病院へ入院していた。巷談に東京パレスを、という案はその前からあったので、南雲さんにきいてみた。

「東京パレス御存じですか」

「あれは武蔵新田と同じものだそうですよ」

返答はアッサリしていた。南雲さんは、武蔵新田診療所長でもある。吉原の吉原病院と同じ性質の診療所だ。

武蔵新田のパンパン街というものは、私の勇名なりひびいているところで、古い子で私を知らぬパンパンはいない。この入院中、病院の先生たちをムリにひッぱりだして、曽遊(そうゆう)のパンパン街へ酒をのみに行った。パンパンは私を見ると、みんなゲラゲラ笑いだすのである。私がかつて妙テコレンな病気の折に、ここをセッせと巡礼して、他の勇士の為しがたい多情多恨の業績をのこしているからである。向うにしてみれば、奇々怪々、しかし奇特なダンナではあるよ。だから、人気があるな。

ここは鳩の町などとは又ちごう。三ツのアパートを改造して、昔は一部屋ごとに一人の女が喫茶店を開業していた。今は喫茶店はやっておらんが、客はアパートの中を歩いて、一部屋ごとの女をながめて巡礼する仕組になっている。

武蔵新田と東京パレスの似ているところは、そこだけなのである。女はアパートの一室をそっくり占めているから、部屋の点では、武蔵新田の方がいい。しかし、その本質に於ては雲泥の相違があるし、新田は要するに、ただのパンパン街にすぎない。

東京パレスは、今までのパンパン街と本質的にちごう。昔の吉原にもあったが、京都も伏見中書島など、ちょッとしたダンスホールをそなえた遊廓はかなりあった。しかし娼家にホールが建物としてくッついているというだけで、誰も踊ってやしないし、誰かが踊っていたにしても、在来の娼家の性格を出ているものではなかった。

東京パレスは、その恋人を選定する道程に於て、娼家的なものがないのである。意識的に、そこに主点をおいて、娼家的なものを取り去っているのだ。

そこはダンスホールである。バンドもある。よく、きいてみろ。雑音とちがうぞ。ちゃんと曲にきこえるだろ。女はイヴニングをきている。そして、ともかく、一応の容姿の娘（年増は殆どいない）をとりそろえ、ストリップを観賞するように、踊る美女をながめて、恋人を選ぶ仕組なのである。

ここへくると、ストリップの今の在り方の下らなさがよくわかる。芸のない、助平根性の対象としてのストリップ。裸の女を眺めて、それからモーローと反対側の方角へ劇場をでてしまうマヌケさ加減、東京パレスはアベコベだ。これから共に寝室へ行く目的がハッキリしているし、そして、それがハッキリしていると、彼女がハダカであるよりも、衣裳をつけ、楚々と踊りつつある方が、どれぐらい内容豊富だか分らない。裸体はそれを直接見るよりも、衣裳や動きによってその美しさを想像せしめるように工夫されたのを見る方が、心ゆたかであるし、たのしいものだ。

見物中の男の子は、恋人の色々の秘密を想像し、その一々にまさしく恋人としての愛情をいだくことができる。そして、二百の美姫たちは彼女らが踊りつつあるときは美姫であってパンパンではない。ともかく、東京パレスというところは、そこを狙っているのである。去年はもッと良かったんだア。昨日だって、もっと、よかったぞオ。

それで、金が高ければ当り前の話で面白おかしくもないけれども、さて美姫が恋人となり、ホールが終って、彼女らがパンパンとなると、とたんに彼女らの部屋は窓の小さな犬小屋となり、何から何まで、安直なのである。この精神が甚だよろしい。

在来のパンパンは相当な金をまきあげられた上、女とねかされるというだけで、露骨で殺風景で、この道に一番大切な、恋人的な情趣をもつ余地がない。センチメンタルなダンナ方は老いも若きも、この荒涼風なまぐさしという雰囲気にはつきあえないに相違ない。

芸者というのは踊るけれども、あの日本舞踊の動きというものは現代のセンスに肉体の美を感じさせず、彼女らの唄うものが、益々現代の美から距離をつくってしもう。

パンパンというものが在る以上は、もっと気のきいた、現代のセンスに直接な在り方がなければならぬ筈であった。東京パレスはそれに応えて、革命的な新風をおこしたのである。その上、ありきたりのパンパンよりも安直であるという大精神に於ては、窓の小さな犬小屋の非をつぐなって余りあるところ甚大な、一大業績だといわなければならぬ。美神アロハは実力の一端を示したのである。尚かつ世にいれられず、受難四年、閑古鳥がないたというのが愉快である。しかし、そうだろうな。東京から円タクをねぎって八百円かかる田ンボのマンナカの一軒屋へ、美姫二百人楚々と軽やかに踊らせた魂胆というものは、分るようでもあるし、全然分らないようでもある。よく考えると、分らんわ。

私たちは見物席のメーンテーブルにドッカと腰かけ、ビールをのみ、美女をにらんでいた。私は従卒を三人つれていた。二人は志願兵であるが、一人は委託された教育補充兵で、ある人物にたのまれたのである。

「今日はちょッと難題をたのみますがな。今やわが社におきましては虫気のつかない困った人物がおりまして、ええッと、彼はなんと云ったッけな。ア、そうだ、君。編輯者は色々なものを見ておかなければならんぞよ。見るだけでタクサンだ。実行するに及ばん。実行の隣の線まで、よく見てこい。今夜はこの子をつれていって下さい」

「ムムム」

大胆不敵の巷談師も、この時こまッたのである。自分にできないことを、人に押しつけやがるよ。しかしウシロは見せられない。

「よろしい。しかし、心細いな。ほかに然るべき心ききたる同行者が必要だが、この社の年寄りは酔っ払うと分別に欠けるところがあり勇みに勇む悪癖もあって、全然荷物になるだけだ。しかし、年寄に分別がないと、若い者に分別がつくもんだな。これが教育というもんだ」

こう云って、よく自然教育された二人の志願兵、これで従卒三人、そろって美青年だったのが大失敗のもとでヒドイ目にあった。

いつもの巷談では取材の終るまでお酒はのまなかったが、今度はそうはいかない。銀座で酔っ払って、見物席で、目玉をむきながらビールをのむ。

「いい子、いますか」

分別ある兵隊の一人がきく。

「いる、いる。三人みつけた」

「どれ？」

隣の女の子が私にきく。

「ええッと。まず、あすこの黒白ダンダラのイヴニング」

「あんなの好きなの？　あの方がいいわよ。緑のイヴニング。腰の線がなやましい」

隣の女の子がきいた風なことを言う。

「こちらは黒白ダンダラのイヴニングですね。林芙美子先生は緑のイヴニングと」

分別のある兵隊がメニューを書きこむ料理屋の支配人のようなことを言う。そうか。隣の女の子は、林芙美子という名前なのか。銀座の酒場で、かち合った男と女が一緒にきたのである。

「ええッと、石川淳先生は？　いい子いますか」

分別ある兵隊が私の隣の男にきいたが、この男は、知らん顔して答えなかった。そうか。こッちの男は石川淳という名前か。

ダンスが終った。

「石川先生を、どうしたらよろしいですか」

と兵隊が心配して私にきくから、

「よろし。よろし」

私は彼を安心させてやるために、いとも自信ありげにこう答えてやった。実際、自信があったのだ。

この人、ええと、石川淳という名前か。この人はあの子が気に入ったなどということを、コンリンザイ、言いたいけれども、言えないというタチなのである。しかし、巷談師のとぎすまされた心眼には凄味がある。ジッと二百名の美姫をにらんだアゲクに、最も優美豊艶、容姿抜

群、白百合(しらゆり)のような気高い子を招きよせて、石川淳の肩をたたいて、

「この子が君と寝室に於てビールをのみたいと云っている」

彼は心眼によってみんな見抜かれたバツの悪さをあらわさずに、とたんにニンマリと笑みをふくんで、

「や。ありがとう」

と、言った。たった一語、この一語のほかの言葉は有りえないという充足した趣きがこもっていた。

私は人の世話をやいてやって、大失敗したのである。さて、いよいよわが目ざす美姫、黒白ダンダラのイヴニング。ところが、人の世話をやいてるうちに、ほかの男と約束ができて、手オクレであった。

そこで三人の従卒が同情した。

「ヤ、心配無用です。ホールへでていたのは四分の一にすぎんです。四分の三は各自の個室におり、この中に美姫あることは必定ですよ」

そこで美姫をさがすことになったんだがね。アラビヤン・ナイトでも、美姫をさがすのは若い王子様ときまっていたな。ジジイはそういうことはしていなかったなア。思いだすのが、おそかった。

「あなたア！」

といって、女の子がかけよってくる。女の子たちは三人の男の子の手をにぎる。誰一人、私に向って、同じことをする女の子がいないんだね。どの棟のどの部屋の前を通りかかっても、そうなんだ。すべて物事には例外があるということをきいていたが、例外というものは実に絶対にないもんだね。しかし、ここまでは、まだ、それほど深刻な事態ではなかったのである。

三人の男の子は、女の子の手をふりきる。そして大股に歩きすすむ。その時に至ってだね。手をふりはらわれて後にとりのこされた女の子たちは、改めて私の後姿に気がついて、これに向って、こう呼びかけるのである。

「パパ！　ちょッと！　パパ！」

パンパン街というものは、チョイと、オジサン、というね。これが天下普通で、そう気になる言葉ではないが、パパはひどい言葉だよ。東京パレスの女の子は、必ず、私にパパとよびかけた。かく呼びかけるべく教育されたとしたならば、実に中年虐待。従卒どもはゲラゲラ笑いだしやがるし、しかし、今までウッカリしていたが、パパという言葉は、実際凄い言葉だ。私はヤケを起して、一人の美姫の部屋へにげこんだ。これが、さッきも云う通り、窓が五分の一しかなかったんだね。五分の一というと、まア、六寸さ、しかしウチワであおいでくれたよ。

一時間後に我々は約束のシロコ屋へ集合した。この戦果。私は女の子に二千円やって、千円でビール二本のんで、合計三千円。林芙美子、女の子に千円チップ。教育補充の美少年、二百円。彼はビール一本のみ、女の子は二百円しかとらなかった由。ハレムのビールは公定一本三百円、私のは五百円だが、奴め、二百円でのんで、手数料もとられなかったのである。

今や、日本中のダンスホールというダンスホールは、みんな踊りが荒れて、猥雑、体をなさず見るにたえないそうだ。

ところが、東京パレスのホールの踊りは、抜群に美しく、いささかも荒れたところがない。楚々として、男女ともに、踊りは典雅そのものなのである。

実に、当然すぎるね。荒れる必要がないのだ。チークダンスの必要がないのだもの。ちゃんとハレムへみちびかれる必然の運命にあるのだから。

もしも諸君が、最も美しく洗煉(せんれん)され、礼儀正しいダンスを知りたいと思ったら、東京パレスへ行ってみることだ。

つまり、ここの恋人たちは、甚だ健全で、礼節正しいのである。ストリップが因果物だという意味が、又、他のダンスホールが持たざるものの哀れさに溢れているという意味が、まだ、おわかりにならないかな。

持てる者は礼儀正しくなるものさ。

難を云えば、踊る女は誰の目にも目立つのがほぼ同じいから、恋人がダブリ易いということだね。

尚、前文中、田ンボのマンナカの一軒屋と書いたが、百軒屋ぐらいの一つであった。ゆうべ、もう一ッぺん行ったら、わかったのさ。

世界新記録病

スポーツというものは自らたのしむ境地で、それ自体に好戦的な要素はないものだ。国際競技とか、対校試合とかいうのも、世界の現状が国家単位であったり、チームが学校に属しているからの便宜的な区分で、スポーツは本来、個人的なもの（チームをも個とみて）である。現状に於てもスポーツの最高エベントは国際試合に限るわけでなく、ウインブルトンの庭球、又はプロ・ボクシングの世界選手権試合に於けるが如く、人種、国家の如何をとわず、最高エベントが個人的に争われている例も少くはない。年々アメリカで行われていた千五百米のインドアレース（陸上）なども、オリムピックのレース以上に豪華な大レースを展開するのが例で、こういうレースの在り方は選手がプロ化する危険はあるが、スポーツ本来としては、このように個人的に争わるべき性質のものだ。

　スポーツも勝負であるから、勝敗を争うのは当然であるが、それと同時に、練習の結果をためしている賭の要素が大きい。練習をつみ、その技術に深入りするほど、賭に打込む情熱も大きなものになる。偶然にまかせるルーレットの類とちがって、練習というものは合理的なものだ。いや、力というものを技術によって合理化し、ほぼ、あますところなく合理化してしまうのが、訓練、又は、練習というものなのである。もう一つ、その上に、試合に際して、相手とせりあって発する場合の力というものがある。つまり、勝負強いとか、勝負師の力があるとか云われているものが、これだ。そして、これが、賭というものなのである。

吉岡が十秒三のレコードを何度もだした。だからメトカルフとせり合って一着になる可能性があると時計から割りだしたって、どうにもならない。本当の勝負というものはタイムではなくて、相手が自分より一米出ているから、これを抜いてでる、これを力といい、レースという。吉岡は百米を何十歩だかで走り、そのきまった歩数で走る時によいレコードがでるというようなことを言っていたが、そのような独走的な、又、無抵抗なものは、単に机上の算数であって、力というものではない。レースは相手とせりあうことによって、相手をぬいて行く力を言うのである。吉岡は決勝にものこらなかった。

水上競技も、古橋の出現までは、時計をたよりに勝負の力というものを忘れていた。タイムで比較して、勝つ、勝つ、と云いながら、四百米では、勝ったことがない。バスタークラブとか、メディカの力というものを忘れていたのである。日本の水泳選手で、アメリカのお株をうばって、レースの力というものを見せてくれたのは古橋だ。今度の日米競泳でも、古橋は勝負強さを見せてくれた。タイムの問題ではなくて、相手が自分の前にいるから、これを抜く、という力なのである。日本は古橋一人だが、アメリカの選手は概ね時計の選手ではなくて、レースの選手なのだ。負けたとはいえ、古橋をタッチの差まで追いつめたマクレンの二百米の追泳ぶりは、力の凄さを如実に示している。四百米リレーでも、マクレンはあんまり得意の種目ではない百米で、百米専門の浜口を二米ぬいて、寄せつけなかった。タイムでどうこういうのでなくて、相手次第、せり合って負けないという型なのである。

欧米選手は概ねこの型のレース屋なのである。日本の選手は箱庭流のタイム屋だ。しかし、日本の選手だって、レースに於て賭けることを忘れているわけはない。現に古橋のような超特別のレース屋も現れている。しかし外国選手はレース屋という点では、たいがい古橋に負けず劣らずだ。これは食べ物の相違、体力の相違と見るべきかも知れない。

運動選手というものは、練習中に、自分の最高タイムを知る、というやり方は、あんまりとらないものだ。限界が分ると困ったことになるからだ。ジャンプ競技は特別そうで、自分の限界へくると、バアを一センチあげても、一尺あがったような恐怖を感じてしまうものだ。この恐怖を克服するのは並たいていのことではない。そこで、ふだんはバネをつけるのに主点をおいて、本当に飛ぶ練習は、フォームの練習だけにとめておく程度で、全部を試合に賭ける。競走にしろ、水泳にしろ、レースというものはタイムではなくて、競りあいなのだから、練習というものによって、力を技術的に合理化したアゲクに於ては、結局、競り合い、相手次第の賭が全部ということになるのだ。

碁や将棋でも同じことで、呉清源や、木村や、大山は、特に妙手をさすでもなく、技術はさほどぬきんでてもいないが、勝負づよい、という。そして、だから、天才というのではなくて、ネバリ屋だなどと、言いだしベイは誰だか知らないが、商売人までみんなそう言って、それですんでいるのである。これ即ち、十秒三の吉岡流であり、箱庭水泳のタイム流というもので、競り合いに現れてくる力、勝負の差はそれが決定的なものだということを知らないのである。人事をつくして（というのは、合理的な訓練をつくした上で）最後には競りあいに賭ける。そのとき現れてくる力の差が、本当の力の差である。フォームが美しくて、独走とか独泳にさいしてピッチに閃きがあるといっても、競り合いで役に立たなければ、ダメなのである。棋理に明るいったって、力ではない。理に通じることと、レースの強さは別のものだ。

すべてを試合にかける、出たとこまかせだ、というと、いかにも明快で、選手の心事は澄んでいるようであるが、そうは参らんものである。練習をつむにしたがって、自分の力の理にかなった限界というものは、これを知るまいと努めても、チャンと感じられてしまうから困る。ジャムプなどという足のバネに依存するスポーツとなると、足の毛が一本ぬけたぐらいの重量の変化がしつこく感じられるぐらい、コンディションに敏感になりすぎてしまうのである。スポーツマンの心事というものは豪快なものではなくて、甚しく神経衰弱的であり、女性的なものである。

私も大昔インターミドルで走高跳に優勝らしきことをやったことがあった。この日は大雨で、トラックもフィールドもドロンコである。当時は外苑競技場が未完成で、日本の主要な競技会は駒場農大の二百八十米コースの柔くてデコボコだらけのところでやる。排水に意を用いたところなどミジンもないから、雨がふると、ひどい。走高跳の決勝に六人残って、これから跳びはじめるという時に、大雨がふってきた。六人のうち五人は左足でふみきる。拙者一人、右足でふみきる。助走路は五対一にドロンコとなり、五人は水タマリの中でふみきるが、私はそうでないところでふみきるから、楽々と勝った。実際はその柄ではない。力量の相違というものは、マグレで勝っても、よく分って、勝った気持がしないものだ。あのころの中学生は強豪ぞろいで、短距離の高木、ジャンプの織田、南部、いずれも中学生にして日本の第一人者であった。こういう天才と私とでは、力量の差がハッキリしすぎて、面白くなかったな。雨のオカゲで勝ったりしたが、とても勝てないと分ってみると二度とそんなことをやる気がしなくなるものだ。

後年、ワセダに田中という走高跳の選手が現れたが、身長と跳んだ高さの比率では、この先生が世界一だろうと思う。二メートル跳ばないと一人前じゃないから、小男ぞろいの日本でも、走高跳というと、六尺前後の大男に限って、一流選手になりうるのが普通である。田中選手は五尺五六寸の普通の日本人だが、二メートルか二米〇二ぐらい跳んだように覚えている。バーと頭の間に一尺余の空間があいておるのである。もっとも、走高跳というものは、身長と跳んだ高さの比率を争う競技ではないから、要するに、なんにもならない。小男では、所詮、ダメということだ。

しかし、自分の限度へくると、バーが二センチだけあがったのに一尺もあがったように見える恐怖感というものを身にしみている私には、（もっとも、そこに賭に挑戦するスリルも愉快もあるのだが）田中選手のケタ外れの比率を見ると、ほれぼれと血肉躍動する感動を与えられたものである。彼の跳びッぷりを見たいばかりに、私はあのころの競技会へしばしば見物にでかけた。

走高跳などという単純な競技は、ただバーをとびこすだけのことだから、跳び方なども単純で、特に規則など有るはずがないと思うのが人情だが、実は、特別の定めがある。足が、他の身体の部分よりも先に（イヤ、頭よりも先に、かな？）バーを越さなければならない、と定めてある。日本人はマサカと思うかも知れないが、外国人は何を編みだすか分らない。この規則がないと、トンボ返り式に、頭から命がけの跳び方をやらかす仁が現れないとは限らない。現に近年はロールオーバーという跳び方がアメリカで発明された。この跳び方はバーと平行に身体をねせて空中に一回転するもので、頭が先にかかっているか、足が先にかかっているか、まったく見当がつかない。規則スレスレのところで曲芸をやっている。

ロールオーバーにしても、クロール、バタフライにしても、スポーツの技術面に独創的な新風をおこしたということは、日本には一度も例がないようだ。

私が中学の一年か二年のとき、アントワープのオリムピックに日本から水泳が初参加した。内田正練、斎藤兼吉という二人の選手である。

斎藤兼吉という人は佐渡出身の高師の学生で、私のいた新潟中学へ毎年コーチにきてくれた人である。彼は陸上競技も当時日本の第一人者で、オリムピックでは十種競技にでたように記憶する。水陸を兼ねてスポーツの名手であるから、世人がアダ名して斎藤兼吉とよび、アダ名の兼吉で通用していたが、万能選手だが、六尺豊か、骨格鬼の如く、しかし甚だ心やさしく、女性的な人であった。

このとき、オリムピックの一次予選で、兼吉選手が十種競技の走幅跳に二十尺五寸で、日本新記録であったが、六米ちょッとで今の日本の女子記録と同じぐらいである。第一流のジャンパーが、五尺二寸ぐらいで、走高跳に優勝している始末であった。今の女の子の記録はもっと上である。それから四年たつと、織田や南部が現れて、中学生のうちから一米七五ぐらい跳んでいる。兼吉先生の当時は創世紀である。

内田、斎藤、両水泳選手は、アントワープのオリムピックに於て、自由形を片抜手で泳いだ。自由型とある通り、どんな泳ぎでもよいのである。このとき、ハワイのジューク・カワナモクが自ら発明したクロールで泳いで、大差で優勝した。百が一分三秒いくらかぐらいであった筈だ。内田、斎藤両選手はクロールという新発明の泳法を習い覚えて帰ってきた。兼吉先生は新潟中学の水陸兼用のコーチであるから、カワナモク式の原始クロールは先ず新潟中学へ伝えられ、この伝授の世話係は私の兄献吉であったようだ。彼がどういうわけで母校の水泳の世話係をやっていたのか、その理由が私には分らない。スポーツには全然縁のない男だ。しかし、極端に新しがり屋の珍し好きで、それに世話好きであるから、クロールという新型の速力に驚いて、なんとなくジッとしていられなかったのかも知れない。新渡来のクロールをいちはやく身につけたが、新潟中学は今もって、一度も、水泳で鳴らしたことがない。風土が水泳に向かないのと、したがって、今もって、プールを持たないせいである。そして最初にプールをもった茨木中学から高石勝男が現れたのである。私もカワナモク型原始クロールをいちはやく身につけた一人だが、しかし私は百米を今の日本の女子記録よりも速く泳ぐことができなかったようである。

高石勝男は長距離から短距離専門に変って、まず日本で最初の国際レベルの選手になった。ここ十数年、日本水泳は長距離王国を誇っているが、高石の自由型短距離につづいては鶴田の平泳。長距離の発達はおくれていた。

ターザンのワイズミュラーが全盛のころ、オリムピックの帰途だかに、日本へ来たことがあった。アルネ・ボルグと、チャールトンも一しょであったと思うが、あるいは私の記憶ちがいで別の機会であったかも知れん。

これが外国の水泳選手来朝の皮切りであったと思う。当時の日本の国際レベルの選手は高石一人だが、彼は競泳界を引退するまで、一度もワイズミュラーに勝つことができなかった。最も接戦したときでも、百米レースで一秒ぐらい差をつけられ、ターザン氏は全然無敵であった。二百米の世界記録はターザン氏のが今もって破られずにいるように記憶するが、あるいは破られているかも知れない。今度の日米競泳で古橋のだした新記録なるものはターザン氏の記録には遠く及ばないのである。

この最初の国際競泳は、なんとか玉川という遥か郊外で行われ、終点で電車を降りて、多摩川ぞいの畑の中をトボトボ歩いて遊園地の五十米プールに辿りつく。見物席はサーカスと同じように俄(にわ)かづくりの小屋掛である。

ワイズミュラーはプールのまん中までもぐっていって、顔をだしざま、水をふきあげて、ガア! という河馬(かば)のマネ(ではないかと思うが)を再三やって見物衆をよろこばせた。天性無邪気で、当時からターザンに誰よりも適任の素質を示していた。

陸上水上に限らず、短距離の速力はほぼ人間の限界近く達しており、ワイズミュラーの記録は今日でも大記録であるが、日本来朝の時には高石がいくらか接戦することができたから、当時に於ては競争相手のないアルネ・ボルグの方が驚異であった。彼は千五百を十九分七秒で泳ぎ、その後の二十年ちかく破られなかった。世界二位のチャールトンと一分ぐらいのヒラキがあり、当時の日本選手に至っては、二十一分台はごく出来のよい方、二十二分以上かかっていたのである。時計のマチガイではないかと、真偽を疑問視されていたほどである。やせた男で、細長い手を頭の前でくの字に曲げて軽く水へ突っこみ、チョコチョコ、チョコチョコと水をかいていた。

牧野、北村という中学坊主が現れて突然日本は長距離王国になったが、彼らもアルネ・ボルグの記録は破っていない。横山、寺田などもダメ、天野が戦争の直前ごろに、十八分五十八秒いくらかぐらいで、ようやくボルグの記録を破ったのである。

日本の水泳が世界新記録を破るようになってから、日本水上聯盟(れんめい)はやたらに、そして不当に世界新記録を製造しすぎるようである。終戦後は殊(こと)のほか、それが甚しい。日本の記録が公認されないところからくるカラクリ、詐術と云っては酷かも知れぬが、これも一つの非スポーツ的な詐術であると断定してさしつかえないと私は思う。

古橋が四百で四分三十三秒という世界記録をつくったのは三年前のことだ。そのとき破られた従来の記録が、何分何秒だか知らないが、かりに四分三十六秒とでもしておこう。それからコッち、四分三十三秒を破らないに拘(かかわ)らず、三十三秒から六秒の間は、いつも世界新記録のアナウンスである。三秒から四秒、五秒と破るたびに新記録が下るから妙だ。

未公認新記録と、新記録の関係がアイマイであり、おまけに短水路の記録というものを、長水路のプールに換算してみたり、時にはこれを勝手に黙殺して、長水路世界新記録と叫んでみたり、ムリヤリ世界記録をアナウンスするために、秘術これつとめているのである。世界新記録病という精神病患者であり、世界新記録宗という一派をひらいて古橋でも教祖にしかねないコンタンのように見うけられる。

一度四分三十三秒がでて、世界新記録をアナウンスした以上は、その後に三十四秒や五秒がでても、世界新記録とアナウンスしないのが当然だろう。

一般人間の生活には生きた血が流れている。それと同じように、市井(しせい)の真実は生きた血が流れていなければならないものだ。古橋が四分三十三秒の記録をだした時には名実とも大記録であり、この世界新記録には生きた血がながれていた。

ところが、その後のレースに、三十四秒と一秒さがっても、世界新記録、その又あとで三十五秒とさがっても、これ又世界新記録。知らない人はホントにしますよ。そして、たいがい、そんなカラクリとは知らないから、古橋はじめ日本の水泳選手はいつも世界記録を破っていると思っている。

三十三秒も四秒も公認されていないから、三十五秒も世界新記録だという理窟であろうが、公認というハンコがおしてないからったって、三十三秒と四秒と五秒のレースのタイムをはかって真実コレコレでございと発表したのは、お前さんじゃないか。お前さんは、自分のはかって発表したタイムを忘れる筈はなかろう。ハンコに対する官僚的な忠誠や正確さの問題ではなくて、簡単に良心の問題であり、算術の問題であるよ。三十三秒と四秒と五秒と三ツのうちで、三十三秒が一番なのは明かであるし、おまけに、そッちの方が時日的に早く記録されているのだから、お前さんの発表に関する限りは、三十三秒をわらない限り、新記録ではありません。公認記録をタテにとって、内容の下落した新記録を重複させるのは、新記録詐欺というものだ。

庶民というものは、もっと無邪気なものだ。彼らは本当の真実を知りたがり、その正当なものに、無心に拍手を送りたがっているだけのことだ。大本営発表みたいな特殊な算術で、是が非でもカラクリの戦果をあげて、君が代をやろうというコンタン、実にどうも、大本営発表は、官僚精神のあるところ、昔から日本に存在し、今もかくの如くに存在している。

「一着アーク。古橋クン。ニッポン。時間。四分三十三秒二。世界新記録」

今度の日米水泳の四百米のアナウンスである。こういう新記録病的算術は、理にかなったものでもないし、礼儀にもかなってもいない。言葉というものは、つくす方がよろしい。真実を語るために、言葉があるのだから。これは、こう言えば足りるのである。

「これは公認世界記録を破ってはおりますが、自己のつくった未公認の最高記録四分三十三秒には及びません」

しかし、もっと親切に言えば、これにつけ加えて、

「未公認最高記録は、マーシャル君の四分二十九秒五であります」

ここで、やめてくれると立派なのだが、日本水上聯盟のアナウンサーは必ずこう附け加えるに極ってるんだね。

「ただし、この記録は、短水路プールでつくられたもので、長水路におきましては、古橋君の四分三十三秒が最高であります」

どうしても、日本の新記録ということに持ってかないと承知しないんだね。

そして、彼は遂に次のような算術を教えてくれることシバシバである。

「この短水路プールの記録は、長水路に換算いたしますと、何分何秒になります。したがって日本の何々君の記録が、実質的に世界最高記録であります」

短水路を長水路に換算するというのは、ターン一回につき何秒かもうけているとみて、ターンでもうけた時間を短水路の記録につけ加えるのである。ターンでもうける時間を何から割りだしたのか知らないが、記録保持者当人のターンの速力でないことは確かである。こういう手

前勝手な算術をしてでも、日本の何々君を新記録にしないと気がすまないのが、日本水聯というところである。

そんな私製のニセ算用をしなくとも、短水路の記録が憎けりゃ、お前さんも、短水路で記録会をやるがいいじゃないか。そして毎年、現にそれをやっているのだけれども、いい記録はでていない。古橋の短水路の記録は四分三十二秒六で、マーシャルの二十九秒五には相当のヒラキがある。記録の好きな日本水聯流に云えば、マーシャルの二十九秒五が最高記録になるのだが、こまったことに、日本水聯は記録好きでも、短水路の記録はキライで、手前勝手に長水路に換算してしまうのである。

しかしながら、レースというものは、せりあいにあるのである。決して単にタイムが相手ではない。タイムが相手なら、日米一堂に会してレースをやる必要はない。銘々各地で記録をとってくらべ合って、オレが一番だ、アレは二番さとウヌボレておればすむことなのである。日本水上聯盟は、この理を忘れている。タイムを比較していつも勝つツモリでいながら、クラブやメディカに負けたのは、せり合いの力で負けたのだ、ということを、本質的な問題として、考察することを忘れているのである。

キッパス監督はマーシャルを評して、千五百の出だしにあんなに速くては続かないのが当然だと云った。日米水泳界の先輩連は、これについては一言も語らず、この説に賛同するかに見えるけれども実はさにあらず、出だしの四百ぐらいを四百レースのつもりで全力で泳いで、あとは流すことによって、さらにタイムを短縮できるという説が今まで多かったのである。つまりマーシャルは四百を四分四十三秒ぐらいで泳いでキッパス氏に速すぎると批難されているのだが、日本流に云うと、古橋なら四分三十四五秒で四百を泳がせて、あとを流させようというわけだ。これも一つの方法ではあるが、タイムということを考えて、せり合いを忘れている方法なのである。そして、力の強い選手の追いこみにあうと、負ける性格でもある。アルネ・ボルグのラップタイムはこれ式であった。千五百の最初の百を一分二秒ぐらいで泳いでいる。彼の場合は、二着と一分の差があり、追われる心配はなかったが、彼とマーシャルは体格や泳ぎ方にも、ちょッと似たところがあるようだ。

古橋を千五百に出さずに二百に出して、全世界のファン待望のマーシャルとの決戦を実現させなかった日本水聯は、対抗競技の意識が強すぎると云って、批難されたが、私はこれも、日本式タイム流のあやまった考えからだと思うのである。彼らの意識下には、水泳はタイムだから、せり合わなくとも、いずれはタイムが証明する、という鷹揚な気持があってのことだろうと思う。

しかし、レースはせり合いだという勝負の本質を知る者にとっては、古橋とマーシャルの今度のせり合いぐらい待望のものはなかった。マーシャルは意外に不振であったが、それは結果が判明してからの話で、マーシャル自身もレース前には好調のつもりでいた。古橋はすでに年齢で、これから降り坂になるかも知れない時であり、全盛の古橋と好調のマーシャルのレースというものは、両者これ以上のコンディションに於ては、あるいは不可能であるかも知れないと観測されないこともない。古橋は長距離王国の日本に於ても超特級品であるが、マーシャルは、日本独擅場（どくせんじょう）の千五百で、はじめて日本の王座をおびやかす欧米の超特級品。欧米ではアルネ・ボルグ以来の二十数年ぶりの天才で、この種目では今後なかなかこれだけの選手が現れなかろうと思うのが至当な稀有な場合である。

この決戦を平然として棄権させた日本水聯の愚行は論外である。結果はマーシャルが不振のために救われたようなものではあるが、これだけの大レースを実現させるためには借金を質においても、というほどの、スポーツの正しい教養が身についていれば、当然そうでなければならないことであった。つまり彼らの水泳家としての教養はコチコチの日本主義者ではあるが、紳士の域に至らぬことを明かにしているのである。レースはせり合いだという事の本質を知らないのである。そのために、過去の四百レースでいつも苦杯をなめていながら、はじめて古橋という国産のせり合いの特級品を持ちながら。

しかし、今度の日米競泳は面白かった。今までの日本は箱庭式のタイム派で、キレイに相手を離して勝つか、追いこまれるか、一方的で、自分が追いこんだことがない。今度に限って古橋が相手を追いこむ。すると、又、これに追いこみをかけるマクレンもありコンノもあり、というわけで、レースにこもった力というものは、すごかった。抜いたり、抜かれたりである。日本にも、古橋式のレース強い馬力型の選手がたくさん出てくれると国内競技でこれが見られるが、目下古橋一人であり、元々食物が粗悪なところへ、戦争このかたの欠食状態であるから、馬力型の特級品が現れる可能性は当分甚しく心ぼそい。しかし、レースをたのしむ者の身にしてみると、抜かれたり抜きかえしたりの力、あのレースの振幅いっぱいにみなぎる力の大きさ、美しさに目を奪われるのである。箱庭式のタイム派からは、こんな美を感じることはできない。力というものを見ることができないのだから、それは、せり合いがあり、選手の身にしてみれば、賭の上にも無慈悲な賭が重なって、そして現れてくるものだから。

こんな礼儀正しい観衆は、終戦以来私ははじめて接した。

私は応援団というものがキライである。応援団もユーモアを解し、美を解することを心得ていればよろしいけれども、たとえば対抗野球の応援団などというものは、殺伐で、好戦的なものである。今度の中等野球の予選では、富山のどこかの学校が、審判の判定に不服でグランドへなだれこんで、審判をなぐり倒したそうである。

スポーツは勝負を争うものではあるが、好戦的なものではない。礼節と秩序のもとに競う遊びにすぎない。応援団というものは、スポーツから独立して、勝敗だけを旨としており、愛校心という名をかりて、いたずらに戦闘意識をもやしており、あの校歌だの応援歌というものは、坊主のお経によく似ているなア。ああいうブザマな無芸な音響は、つつしまなければいけない。集団の行動というものは、底に意気（粋）の精神がなければ、ジャングルの動物群とそう変りはないものだ。応援団には粋の心構えなど、ありやしない。自分がスポーツをやる当人でもないのに、全然殺気立っている。

日米水上の観衆はノンビリしていた。ブウブウ言っていたのは、私ぐらいのものだ。なんしろ私は暑いんだ。夜間水泳。誰だって涼しいと思うだろう。おまけに雨がふってるよ。それで涼しくないいんだね。人いきれなのだ。上からは雨がふり、下からは汗がわき、結局暑い方が身にこたえるという、そういう場合があるんだそうだ。

日本人はレース開始の一時間前までに見物席についておれ、さもないと見物できん、という。この理窟が拙者には分らないよ。

レース開始の前までに席につけ。それ以後は入場できん、というのなら、話はわかる。演劇演奏開始後の入場おことわり、という高級な劇団や交響楽団は日本にも在ったが、一時間前までに席についとれというのは、どういうコンタンであるか分らない。

しかし、見せてくれないというから仕方がない。一時間半前に行くと、もう殆（ほとん）ど満員だ。みなさん、たのしそうである。コカコラなどをのんでいる。ブウブウ云ってるのは、私だけだ。

古橋が千五百を棄権したと云っても、別に怒ったような人もない。マーシャルと橋爪がとんでもなくおくれて、仲よくはるかドンジリとなり、誰も考えてもいなかったコンノが優勝し、東二着とある。コンノ強しというのは二日目からの話で、初日はコンノなんて選手の存在を知らない人が多かったのである。

競輪なら大穴である。単もフォーカスも、一枚も売れていなかったかも知れない。むろん、私も、はずれていた。千米ぐらいから、観衆は総立ちとなり、

「マーシャル!」

「橋爪の野郎殺しちまえ!」

一同マーシャル橋爪のフォーカスを買っているに相違ないから、レースが終るや、ナダレを打って事務所へ殺到、神宮水泳場焼打ち事件となる。

日米水上の観衆は、そんな不穏な精神はもっていない。コンディション不良のマーシャル橋爪をいたわる心事は場にみち、奥ゆかしい極みなのである。

日本は対抗競技には惨敗したが、レースはいずれもタッチを争うていの大接戦で、力量に大差があるわけではない。

意外だったのはバタフライで、アメリカ選手のバタフライの美しいこと、手がスッポリと水

からぬけて、キレイに前へ廻ってくる。私も自分でバタフライのマネゴトを試みようとしたことがあるがもう腕の力がないから、全然手がぬけない。強大な腕力がいるものらしい。日本選手のバタフライは、手が充分に水から抜けない。シブキをちらして水面を低く這って、充分前へまわらぬうちに、途中でジャブリと水中に没してしまう。その代り、ピッチは早い。

見た目のフォームの美醜に於て、あんまり差があるので、とても問題になるまいと思っていたら、大マチガイで、米人選手の長い手が存分に前へ迫って水をかいてキレイにぬきあがるゆッくりした泳法と、見た目に忙しく水をちらして汚らしい日本選手の急ピッチと結構勝負になるのである。

萩原選手が一風変っていた。はじめの百で十米ちかくもおくれるのである。あとの百で、おくれた分をとりかえして、米人選手をほぼ追いつめてしまう。後の追いこみの力泳ぶりも珍しいが、はじめの負けッぷりの悠長なのも珍しい。こんな妙な癖をもった選手というものは、珍しすぎて、とても素人には癖の由来が見当がつかないが、はじめの負けッぷりが年々悠長になるとは考えられないから、大いにたのもしいのかも知れない。

水泳も変りました。そもそも高石が泳いでたころは、胸の方にも水着をきていたものだが、これは彼の選手中にすでにパンツだけになったようだ。

ところで、コンビネーション・ダイビングというものを、みなさん知ってますか。

男の子や、女の子が、二人か三人で、一しょにダイヴィングするのである。にわか仕込みとみえて、その場でうち合せて跳びこんどるから、なかなか、そろわない。水へつくころは二人の距離がだいぶ差があるし、回転するにも、そろったことが殆どない。

それでも、結構である。とにかく、日本の水泳選手が、ショーの精神をもって、見物人をよろこばせようと心がけるに至ったのだから、日本の水泳も変ったのである。

もッとも、跳び込み選手の中に、柴原君がまだ健在であったが、彼は戦争前からの古い選手である。水泳というものは他の競技にくらべて選手の寿命が短いから、彼のほかに戦争前からの選手は見当らない。彼はずいぶん古い選手のはずだ。ダイヴィングといえば、むかし、立教の原君というのが、なんでもかんでも逆立ちして跳びこみたがる先生で、フンドシ一つでいつもプール際をうろうろしているお行儀の悪い選手であった。彼はいつまでも上達しなかったが、いつまでも跳びこんでおり、たぶん柴原君も一しょに跳びこんだことがあるだろうと思う。

昔の柴原選手は今のようではなかった筈だが、彼は今やビヤダルのようにふとっている。それで跳板跳びこみまでクルクルやっているから、私も気が強くなった。彼はふとッちょに勇気を与えてくれる。若返りの精神を与えてくれる。御利益あらたかであるから、ふとッちょはダイヴィングを見物に行きたまえ。しかし、こんなにふとッちょのダイヴィング選手というのは、世界になかったことだろうな。コンビネーション・ダイヴィングというのをやると、やっぱり彼が一番早く水面に到着する。

　拙者と同姓の坂口さんという高飛込みのお嬢さんが、傑出していた。私の見てきた女子ダイヴィングではこの選手のフォームが一番よろしいようだ。これもコンビネーション・ダイヴィングをやる。最後に、も一人のお嬢さんと組んで一本の丸太ン棒となり、というのは、お互いに相手の足を抱きあって、一本の丸太ン棒となるのだが、そして水中へ墜落するという余興を見せてくれたが、その意気はさかんであるが、美しいものではない。

　しかし、こんなことをやってみせようというユーモアあふるるコンタンは珍重するに足る。慶賀すべき戦後派健全風景で、ダイヴィングがはじまるや、見物衆、

「わア。ストリップよか、エエもんだなア」

　期せずして、皆々、そう叫んだところをみると、世道人心（せどうじんしん）に御利益があるのだ。私も同感であった。ストリップのどんな踊りよりも、坂口さんの高跳びこみの方が、魅惑的である。彼女がクルクルと空中で描きだす肉体の線は常に伸びており、殆（ほとん）どあらゆる瞬間が美しい。

　私はストリップ・ファンに改宗をおすすめするが、ぜひダイヴィングを見物して、健康児童になりたまえ。

「しかし、ダイヴィングの選手は短命でしょうな。長生きしねえだろうなア」

　と云って、同行の中戸川宗一がしきりに心痛していたが、なるほど、見物衆というものは、

いろいろの見物の仕方があるものだ。もっとも彼は酒屋以外を訪問したことが殆どない男だから、人間は歩くという速力以上の運動をやると心臓にわるい、というようなことを常に心痛している男なのである。

しかし柴原選手は、拙者は十数年間ビールばかりのんでいました、というようなタイコ腹でクルクルとびこんでいるから、飲み助は彼によって救いを感じるのである。肉親の愛情をもち、かつ、大いに安心する。オレだって、まだ、あれぐらいのことができるのかも知れねえぞ、という気持になる。万事につけて、スポーツは御利益があるものだ。

私は二日間みたが、三日目は見なかった。切符は有ったのだけれども、レース開始の一時間前までに入場しないと見せてくれないというし、その辛労を三日間つづける勇気が、とてもなかったのである。

気楽に見ることのできないスポーツなどというものは利口な人間の見るものではないが、私は商売だから二日間我慢して、一時間半前に入場して、見物したのであった。

教祖展覧会

私は先般イサム・ノグチ展というものに誘われたが、熱心に辞退して、難をのがれた。展覧会の写真を拝見して、とうてい私のような凡骨の見るべきものではないと切に自戒していたからである。

「無」というのが、ありましたネ。私は写真で見たのだが、人間の十人前もあるように大きい。手の指が二本で輪をつくッているように見える。

無門関(むもんかん)か碧巌録(へきがんろく)の公案からでも取材したのかナ。なんしろ「無」とあるから。凡骨はツマランことを考えるよ。しかし別段、花をいじっているわけではない。真言の印をさがすと、これに似たのがあるだろうが、イサム・ノグチ氏は米国に盛名をはせる人、アメリカの人を相手に真言の奥義を解説しようということは考えられないナ。奈良の大仏の片手にくらべると、こッちの方が大きいや。

「若い人」というのが、ありましたネ。鳥が背のびして、火の見ヤグラへ登って行くように見える。万年筆を立てるには、都合がわるいし、シャッポかけにも具合がわるい。すると、タダのオモチャかな。独立した芸術として、シゲシゲ鑑賞しろたッてムリです。何か実用の役に立たなくちゃア、どうにも存在の意味が解しかねる。もっとも、これを机上に飾って、何故にこれが「若い人」であるか。その謎々を解けという仕組みのオモチャなら智恵の輪よりも難物だ。しかし、智恵の輪はいつかは解けるが、こッちの方は永久に解けそうもないや。

イサム氏の父君は詩人ヨネ・ノグチだそうである。詩魂脈々として子孫に霊気をつたえているに相違ないが、イサム氏に限らず、当今の超現実的傾向の源流をツラツラたずぬるに、元来詩人の霊気から発生した蜃気楼であると見たのは拙者のヒガメであろうか。

私がはじめてこの霊気に対面したのは、今から二十三年前にさかのぼる。フランス大詩人ステファン・マラルメ師の「クウ・ド・デ」という詩集を一見したときに、魂魄空中に飛びちり、ほとんど気息を失うところであった。

大判の詩集でした。ちょうど「アサヒグラフ」ぐらいの大きさだったと記憶するが、左の片隅にチョボチョボと詩がのってると思うと、突如として右下に、字が大きくなったり、小さくなったり、とんだり、はねたり、ひッくりかえッたり。弟子のポール・ヴァレリー師は、マラルメ師は言葉の魔術使であると言っているが、言葉の魔術とはこういうことを言うのかなア。これは印刷の奇術ではあるが、言葉には関係がない。まして詩の本質に関係ありとは思われないのである。

マラルメ師を第一代の教祖とする。ヴァレリー師を二代目、三代目は日本にも優秀なる高弟が一人いて、小林秀雄師、これがフランス象徴派三代の教祖直伝の血統なのである。

私も二十三年前には大そう驚いて、これが分らないのは私に学が足らないせいだ、大いに学んで会得しなければならん、というので、教祖の公案を見破るために奮闘努力したのである。

ヴァレリー師は教祖マラルメ師について、かなり多くのことを語っている。私はそれを飜訳したこともあった。この中で、今もって私の腑に落ちないことが、一つある。自分で飜訳しておいて腑に落ちないとは失礼な話であるが、元々学がないところへ辞書をテイネイにひくのがキライという不精な天性があって、ママならないのである。

ヴァレリー師が教祖マラルメ師の書斎を語って、一歩と三歩の小さな部屋、と云っているが、原語は私が馬鹿正直に訳した通り、PASというのです。一歩と三歩じゃ小さすぎらア。本当かなア。もっと正しい訳語がありそうなもんだなアと思ったが、しらべるのが面倒くさいから、一歩と三歩の小さい部屋。部屋の大きさを歩幅ではかるというのもアンマリ見かけないことだと思ったが、なんしろ教祖の書斎である。それを語るのも教祖二代目、コッちも教祖五六代目のツモリで、ごまかしてやれ、知らない奴は喜んで感心すらア、というような悪いコンタンで、今もって訳者は腑に落ちないのである。

とにかく、教祖は格別なものだ。一歩と三歩がちょッとは意味がちがっていても、よほど小さい書斎に相違ない。教祖はそこに鎮座して、一字を大きくさせたり、次の一字を小さくさせたり、とばせたり、ひッくりかえしたり、クロスワードパズルよりもモット困難な事業に没頭していたのであった。

私はついに教祖の公案を見破ることができなかった。そのハライセに、かかるものは詩にあらず、芸術に非ず、と断定した。そして今日に至っている。のみならず、今日に於ては、この教祖を邪教の教祖と見なしてすらいるのである。邪教といっても、教祖であるからには、立派な片言隻句も数多く残しているが、邪教であることには変りがない。

シュルレアリズムというのは、前大戦後にとびだした畸型児であるが、文学の方ではアンドレ・ブルトンなどが旗持ちで、彼は、シュルレアリズムのマニフェスト（宣言）というものを書いている。大判の、ちょッと色の変った美本であった。茶の地に、美しいコバルトで題字がぬいてある。それが大そうキレイだったので、私たちの同人雑誌「青い馬」というのへ、そッくり衣裳を拝借したが、日本の印刷ではフランスのような美しいコバルトがでないので、あんまりパッとしなかった。しかし、拝借したのは装訂の衣裳だけでシュルレアリズムにかぶれていたわけではなかった。このマニフェストというのはコケオドシの実にツマラヌものであった。彼の代表作には「ナッジャ」という小説があるが、これもツマラナイ小説である。恋人とアイビキに行く荒涼たる漁村の名をアンゴ ANGO という、それだけが私のハラワタにしみた全部であった。フィリップ・スウポオがいくらか小説らしいものを書いているが、シュルレアリストの小説や詩で、後世に残るものは、まず、あるまい。

彼らはすでに相当な年輩であるが、今日でも、フランスのシュルレアリストは大いに教義をひろめるべく悪戦苦闘しているようである。しかし所詮、彼らは裏街の小さな教祖であって、表通りへ進出し、山上で垂訓するような大教祖には、とてもなれないと私は鑑定している。


私は二科会には友人もいるし、好きな画家もいる。戦争以来、終戦後の今日に至るまで展覧会というものには御無沙汰していたので、あの二科会が、今日、こんな妙テコレンな数々の教祖と弟子に占領されようなどとは夢にも考えていなかったのである。

この前の戦争のあとにも、妙な展覧会が現れたことがあった。たしか、三科、と名乗ったと思う。今日の彫塑をさす意味の三科とちがって、今の二科会の更に進歩的なという意味ではなかったろうか。私は先日、この三科のことを友人にきいてみたが、記憶していない人々が全部である。すると私が会の名を記憶チガイしているのかも知れないが、村山知義氏などがこの会に所属していた筈である。

これがそッくり今日の二科会のデンで、もっと、物凄い。カンバスへ本物の靴を張りつけたりしている。

しかし、この会は線香花火のようにパッと消えて、たちまち跡形もなく失せてしまった。そして、芸術家として他の分野に残った人も、この謎々のような画論には固執しなかったようである。悪夢であった。

私は終戦後、はじめて今年の二科を見て、邪教に占領されたのは熱海の町だけではないということを痛感したのである。

独立した芸術品としての絵画はすでにここには殆(ほとん)ど失われている。建築の一部として、壁紙の代用品として見るにしても、安建築にしか向かないし、彫刻は帽子カケや傘立やイスなどに向きそうでいて、それもごく品の悪い安物向きである。まア、一番向くと思ったのは、ビルディングに空襲よけの迷彩を施す場合に適切だと思ったが、すでに空襲というものはレーダーにたよって、視覚にはたよらなくなっているから、全然使い道がない。

私が目方ハカリキ、上へのッかッて一銭いれると目方が現れる、あのハカリの新式のデザインだなと思った彫刻には「婦人像」と思いがけない題がついている。毀(こわ)れた椅子だナと思ったのには「クチヅケ」という大変な題名がついていましたネ。題名を見破ることは至難中の至難事である。

題名だけを見て、絵を見ない方が、むしろ多くの美しいイマージュを描くことができる。絵を見るとナンセンスで、ただウンザリしてしまう。

「エピローグ」

なんのエピローグだか分からないが、フロシキの模様にはやや手頃かも知れないという絵。

「神々の飜訳」

「こまった」（会話に非ず。どちらも題名也）

イヤ、見せられる方がモットこまる。

「飛ぶ」

なるほど、飛んでることだけは分る。

「着物だけは返して下さい」

オレにたのんだってダメだ。そんなこと、この絵はたのんでやしないよ。題だけ勝手にたのんでやがる。メクラのフリをして、どうぞ一文という手はあるが、コッちはもッと悪質という絵。

「煙突食う魚」

「かまれた魚を呑む魚」

見れば分らんことはない。因果物の見世物小屋の看板向き。

「田園交響楽」

一人の老農夫の肩に女の子が乗っかってオッパイをだして手をひろげている。腰に猫がのッかり、その上にトンビだかタカがとまり、その又頭に小鳥が一羽。イヤハヤ。ベエトオベンの音楽をきいて、芸術がどんなもんだか、考え直してくれないかな。

「風蝕」

黄土地帯か氷山か。この作者が風蝕という言葉を知っていたという意味の絵。

「信仰の女」

ハダカの女の子がいて、腰のあたりから空中へ煉炭がゾクゾクと舞い上って行くぞ。電気もガスも自由に使えるようになったから煉炭を昇天させようというのかな。イヤイヤ。又、戦争があるようだから、神の力で煉炭をシコタマ貯蔵しましょうという念力の絵かも知れない。

「青春」

双子の大根か蕪かと思うとオッパイだ。オッパイが空をとんで、手がもがいている。小さい太陽、蝶もとんでる。このオッパイがお寺の吊鐘よりも大きい。絵具代が大変だナア、ということをシンミリ考えさせる絵。

「虚無と実存」

「芸術哲学」

彼らは教祖代理はつとまらない。せいぜい指圧の出張療法をしている最中のところで、その説教はチンプンカンプン、誰も分ってくれない。絵具代をだしてくれたのは誰か、ということが主として気にかかる絵。

「森の掟」

この中に何匹の動物と人間が隠れているか一生懸命に探しなさい。馬だか狼の顔にチャックがついてるのは、当った人に、中から懸賞金をだしてあげる、というツモリにしてくれ、というような意味で見てもいいじゃねえか、そうだ、そうだ、という絵。

「漁夫の夢」

真ッ赤な女の大きな絵。××火災保険賞が授与されているのは、赤い色に対する当然な報酬であるということが心ゆくまで分る絵。

「執着獅子」

帯の模様には、雑であるが、間に合うかも知れん。しかし、どうも、雑であるな。

「白蛾」

たしか白蛾という支那料理屋があった。イヤ、博雅かな。どッちでもいいや。一尺もある緑発(リューファー)と紅中(ホンチュー)とパイパンがかいてあるよ。白い蛾も押しつけてある。ハダカの女が悩んでいるし、ラジオもあるよ。

「私はこんな街を見た」

そうか。そう言われれば仕方がない。ウソツケ、と怒るわけにもいかないからナ。

「詩抄千恵子恋」

「春のめざめ」

「チャタレイ夫人」

あんまりハッキリ云いなさんな。題だけは分ったが、しかし、そんなもんじゃないでしょう。

「群鳥の夜」

「鳥を飼う男」

「鶏と料理人」

第一ヒントを与えたから、よく考えて見てくれ、という絵。

以上はザッと、まだ絵の体裁をなしている方かも知れない。このほか数十点、黒い色と白い色がぬたくッてあるだけ、製図の線がひいてあるだけ、牛の骨があったり、火星人らしきものがいたり、ミイラのようなのがゴチャゴチャいたり、全然意味をなさぬ色と物体があったり、大部分が、とるにも足らぬコケオドシである。

私が二科を見て最も痛切に思ったことは、審査風景を見たい、という一事であった。どんな理論を述べあって、これらの謎々の絵を入選させたり、落選させたりするか。イヤ、そこは教祖ぞろいのことであるから、黙々と微笑して膝をうち、以心伝心、満場一致するのかも知れん。

「二科三十五人像」といって、二科の三十五人の教祖をズラリと描いた十尺四方もある大作があった。チャンと教祖を祭るにソツはない。おサイセンやお花があがっている代りに努力賞というものが供えてあった。

「胃袋を大切にしなさい。胃袋を。大学をでる。役人になる。一週五回以上の鯨飲馬食に耐えねばならぬ。頭は必要ではない。中国、ニッポン、朝鮮。主として胃袋のぜい弱なる者は指導者の位置につけない国。頭を使うと胃ブクロへ行く血液がへる。危険。胃ブクロを使うと頭に行く血液がへる。安全。要するに頭を使うと不幸になる。だから、立派な部屋には、いつも胃ブクロがいる」(アサヒグラフ「魚眼レンズ」より)

これはジャーナリズムの諷刺であるが、この結論にしたがって、立派な部屋にデンと胃ブクロが鎮座している絵を書いているのが、二科の謎々だと思えば、まず間違いはない。

もっと高尚で複雑だという作者があれば、イヤ、それはもっとデタラメで本人もワケが分らんという意味だ、と私は言いかえすツモリなのである。

「魚眼レンズ」の諷刺は、文章によって巧みに戯画を描いてみせている。最後の結論に至って、諷刺の本領を発揮し、巧みに視覚的な幻像を与えている。しかしこれは文章に構成され、最後に視覚に訴えるまでの文章の綾があって、はじめて戯画が生きてくるのだ。これは視覚に訴えるにしても、文章の力であり文章の世界なのである。

試みに、「魚眼レンズ」に最後の結論だけをのせて、「立派な部屋にはいつも胃ブクロがいる」と云ったところで、なんの力もない。諷刺にもならなければ、謎々の問題にもなりやしない。この謎々をとけ、それが文化というものだ、知識というものだ、とでも考える仁があるとすれば、滑稽怪奇ではないか。

ところが、二科の教祖ならびに弟子は、概ね、これをやらかしているのである。

絵は言葉によって語るものではなくて、色によって語るものだ。しかし二科の謎絵はそうではない。彼らの観念は、絵に至るまでには言葉によって導入されており、そして導入された最後だけを言葉から切り離して、色の世界に置きかえようと試みているにすぎないのである。

私の隣に見ていた二人の学生は、東郷青児の絵を、横目でチョイと見ただけで、

「こいつ、甘ったるいなア」

と云って、近所の謎絵の方に腕を組んで見入っていたが、いくら甘いったって、東郷青児の絵は、その観念の構成が、始めから純粋に色である。言葉の借り物がないだけでも、謎絵よりは大そう良かろう。絵の展覧会というものは、教祖や弟子から謎をかけてもらいに行くところではないのである。

これら謎絵の狂信者の大元の大教祖はとたずねれば、ピカソあたりになるのだろうが、ピカソという人は、日本の弟子とは大ぶ違っているようだ。第一に、この先生はすでに絵描きではないし、そのことを自覚している先生である。この教祖は絵画を下落させた。つまり、絵画と

いうものを独立して存在する芸術から下落させて、建築の一部分、実用生活の一部分に下落させた人である。しかし、これが下落か上昇かは、にわかに断定ができないが、彼は芝居の背景もコスチュームも構成するし、陶器も焼くし、椅子や本箱のデザインでも、なんでもやる。彼の絵の観念的先駆をなしているものは、実生活の実用ということで、絵という独立したものではない。

日本の小教祖や小弟子の絵や彫刻にも、ピカソの自覚があれば、まだ救われると思う。私が見たものの中でも、これはフロシキか、これは帯の模様か、これはイスか、これはジュウタンか、と思うようなのはタクサンあった。謎をかけようなどという妙な根性は忘れ、専一に実用品の職人になれば、まだしも救われるであろう。すくなくとも、彼らのつくるものは、全く絵ではない。

ラジオに「私は誰でしょう」というのがあるが、二科の謎絵は「私は何でしょう」という第一ヒントを題名でだしているようなものである。おまけに、そのあとが、つづかない。フロシキや帯の模様としては、デザインが見苦しいし、色が汚いし、製作がゾンザイである。

一つとして、良いとこがない。実用品の職人になるにも、一人前になるまでには、まだまだ前途甚(はなは)だ遠い。

彼らの制作態度は、まさしく教祖的の一語につきているようだ。いたずらに大を狙う。この大が、タダゴトではない。二ツの燕のようなオッパイを空中にとばせるために十尺四方も色をぬたくる必要があるか。空中はたしかに広いものであるが、一尺四方でも表現できるし、オッパイなんてものは、吊り鐘のように大きく書くものではないですよ。造化の神様が泣くと思うよ。

次に、いたずらに、不可解を狙う。コケオドシという教祖の手である。曰(いわ)く言いがたし、この門をくぐる者には幸がある、という怪しき一手でもある。これを腕をくみ、小首をかしげて、神妙に対座して謎をとこうという書生がいるから、教祖は常によい商売なのである。

次に、在来のものを否定する。これぐらいカンタンな手はない。

私がせめて彼らに願うことは、ともかく実用品たれ、ということである。腰かけることのできるイス、物をつつめる一枚のフロシキをつくる方が、諸君の絵や彫刻よりもムダではない。

絵の感覚は似たようでも、もっぱら実用品の新案のために妙テコレンな、しかし熱心な工夫をこらしている花森安治の仕事の方が、私にはどれぐらい高尚に、又、大切に見えるか分らない。たとえ二科の教祖諸氏が彼を絵の素人とよぶにしても、私は彼を実用生活の芸術家とよび、諸氏を単なるニセモノ山師とよぶであろう。

巷談師退場

巷談の十二は「京の夢、大阪の夢」京都大阪をひやかしてスゴロクの上りにしようという予定であった。春のうちからこの上りだけはきまっていて、国内航空路が年内に開通するかも知れんという新聞記事などを見るにつけて、京大阪へ空から乗りつけてやろうなどと内々ハリキッていたのである。

浮世はままならぬもので、連載の新聞小説チチとしてはかどらず、ようやく筆をおいたのが十月十七日午前九時半。京大阪へでかける時間がなくなっていた。第一、疲れていましたよ。半年の悪戦苦闘。別に新聞小説というものと悪戦苦闘したわけではなくて、毎日毎日、来る日も来る日も実にキチョウメンに二十四時間しかないときまっている天文暦日の怪と争ったのである。日本の新聞小説というものを書いていると、「二十五時」などとシャレることはコンリンザイできません。毎日毎日が二十四時間しかないという怖しいキチョウメンさが骨身に徹するのである。

この半年というもの、二十四時間という怨霊が、ねてもさめても私の肩にガッシリとしがみついていた。この怨霊から解放された数日間の空白状態というものは、奇妙なものだ。時を同うして一万何千名の御歴々がパージから解放され、解放旋風というものが吹きまくっていたようだ。ずいぶん日本の酒が減ったろうな。一万何千名の御歴々をとりまいて、十万人ぐらいの御歴々が毎日毎晩旋風と化していたのだから。この大嵐の中では、僕などは微々たるソヨ風、第一、半年間二十四時の怨霊に痛められた肉体というものは、旋風と化するほどの酒をうけつけてくれません。胃袋は火星人なみに弱化していたのである。一週間ほどコンコンとねむりました。ネムリ薬ものまず、さしたる酒ものまず、ただコンコンとねむり、時に街を歩く。街がまったく生れ変っていた。映画館が私をまねく。思えば、そういう物と絶縁されていた半年であった。

新聞小説チチとして進まず、とても京大阪へでかけられないと分ったのは先月のことで、幸い静岡市に浅草の観音様、一寸八分の御本尊の開帳があるという。人に見せたことがないという秘仏を、所もあろうに、浅草ならぬ静岡で開帳するというのが珍であるから、そこは巷談師の心眼、これ見のがしてなるべからず、これを巷談の上りに借用しようという予定をたてた。この開帳が十月十四日から十七日までだ。新聞小説の筆をおいたのが、十月十七日午前九時半。私は筆を投じると、

「アンマ！」

こう叫んだだけである。全身が強直した丸太であった。けだし二十四時の怨霊がガッシと肩

にしがみついていたせいなのである。

しかし、この苦しい半年の間にも、巷談師としての数日は、毎月たのしかった。どうも、巷談というものは、私に最も身についた遊びのようである。しかし、巷談は、もともと随筆だ。事あるに応じて筆をとるべきもので、これを毎月必ず、ということになると、やはりムリをするようになる。

私は巷談でぜひとりあげてみたいと思っていたことが二三あった。

一つは邪教の問題。邪教といっても、教祖と狂信者とのツナガリには、ある種の実効（たとえば病気が治るというような）がたしかに在るには相違ない、その実際と限界を突きとめてみたいということであった。

ある席で、お光り様が一間も二間も離れたところから手をかざして病人を治すという、そういうことが、ある種の人々に対して真に可能であるか、という話がでたとき、同席していた呉清源九段が、私もある期間その力が具わって人の病気を治し得たことがあった、と語った。

彼の話は真実であるに相違ない。しかし、治す人と治される人には相対的なツナガリが必要で、万人向きのものではないにきまっているし、呉氏が人の病気を治し得たのも「ある期間」に限られていたのである。

手をかざして人の病気を治し得た彼は、同様な方法で、他人から自分の病気を治してもらうことのできる人であろう。

ひるがえって私自身を考えると、私はいかなる時期に於ても、手をかざして人の病気を治すような能力があろうとは考えられず、又、同様に、人から病気を治してもらう能力も持っているとは思われない。

そういう実験の一つとして、私は催眠術の先生のところへ他流試合に行って、催眠術が私にかかるかどうか試合をしてみようかと考えたこともあった。又、その先生が他の人を催眠術にかける秘伝を見破って、私が誰かを（できれば催眠術の先生を）術にかけることができるかどうか、試みたいと思った。

私は二十四五年前に、催眠術のことを多少しらべたことがあった。というのは、私の中学時代の級友に山口という男があって、先日岩田豊雄さんに会ったときこの男の話をしたら、記憶しておられたが、岩田さんや岸田さんなどがやっていた新劇の研究生だ。今、某誌の編輯者をしている橋本晴介君などの同門同輩なのである。小林秀雄の妹が同じように研究生であった。

この山口は小石川白山下に門戸をはる白眼学舎、小西某という占師の甥で、この占師の家に寄食していた。私は中学時代によくここへ遊びに行って、占師というものの生態に興味をもつようになった。白眼学舎は占師の中ではインテリで、早稲田の卒業生、沢正と同級生であった。私はフランス語がよめるようになると、白眼学舎からフランスの占術の本をかりて、よんだ。

占術の研究、特に骨相、手相などの研究が、西欧ではフランスが本場なのだそうだ。

しかし、要するに占術というものは、占う術の公式の中に秘奥があるわけではないようだ。易の卦にしてもそうだ。ゼイ竹をくって卦をみる。その卦になんとか然るべき運勢の判断がでているわけだが、実際は易者の判断次第で、どうにでも理窟のつくシロモノなのである。

したがって、易者が催眠術者の状態になりきり、相手が被術者の状態になりきっていると、時に妙な的中率を示すようなことが起りうるかも知れない。ゼイ竹をくったり、カードを並べたりするのは、催眠術者、又はミコのような精神状態に自分を持って行く方法の一つであるかも知れない。

けれども、一般に、易者というものは、もっと安易である。そして、現実的である。彼らは、妄者の顔や人柄から判じ、最大公約数的質問や判断で狭めていって、一応の的中率を示す方法を心得ている。

私は検事の訊問などにも、易者と同じような最大公約数的な設問法がとりいれられているムキがあるような気がする。時に被告が検事の催眠術にかかったなどといいがちなのは、被告の弱点を最大公約数的につくので、両者の焦点がずれていても、ぬきさしならぬような結論がでてくることが有りがちではないかと思うのである。

これは医者が患者を診察する場合にも起り易い現象だ。ここが痛みますか、とか、じゃア、ここを押すとこんな風じゃありませんか、というような訊き方が、最大公約数的に適中していても、真実からはズレている場合が起り易いと思われるのである。私は医師、特に内科の診断を乞う場合、診断をうけながら、甚しくその不安を感じるのが例である。医師がある種の予期をもつ場合、患者はそれに対して敏感であり、その結果として不安をもつ者と、同化する者と二つの型がありうるのかも知れない。そして同化する型が、催眠術的な関係に類似するように思われる。又、町医者などには、催眠術的な説得法を診察にとりいれている例が少くはない。私自身はその方法に不安を感じ、そういう医師から遠ざかるのが例であるが、人によってはそれが効き目を現すかも知れないから、一概に否定することはできない。

　邪教の要素というものは、一見健全な実生活に於ても活用せられて、怪しまれずに通用していることが多いものだ。三流の教祖のような低脳な大臣もいる。学者もいる。

　特に私が邪教に関聯（かんれん）して思うことは、先にも述べたが、検事の訊問とか、判事の判決とか、法律上のことで、法の運用というものは、最も常識的で、健全でなければならないものだ。けれども、易者的、町医者的な、予期や、牽強附会（けんきょうふかい）から絶縁するということは、なかなか人間の為しがたいところである。しかし、法を運用する者は、自分が「ナマ」の人間であってはならぬこと、感情なく、ただ過不足なく判断する機械のようなものだということを忘れて仕事に当ってはいけないだろう。邪教的な要素と最も絶縁されたものでなければならないのである。

「チャタレイ夫人の恋人」を告発した検事の一人の言説を見ると、すでに感情的であるだけでも、法を運用する者としては落第していると私は思った。感情というものは、目隠しするもので、広い視野を失し、中正を失するものだ。仕事の上の説話に当ってこういう感情的な表現や放言をするようでは、法律家の資格はない。これが最高検という高いところにいるんだから、悲しい。伊藤整の方が、よほど冷静で中正を失くしていない。法に対処した態度に於て、アベコベの結果を見せている。「チャタレイ夫人の恋人」がいかように裁かれるにしても、告発者の感情的な態度は、法律によっては許されても、人間によっては許されないものと知るべきであろう。尚(なお)、この文中、雑誌に発表した時は検事長と書いたが、これは筆者の記憶ちがいで、最高検というのを、いつのまにか「長」におきかえて記憶していたらしい。(週刊朝日、九月二十四日号「起訴されたチャタレイ婦人」による。)

私は法を運用する人々は最も邪教の要素から絶縁される必要があると思うから、法の運用にからまる邪教的な要素というものが、甚しく気にかかる。そして、その観点から、検事の訊問ぶりや、論告や、判事の判決の具体的な例をとって、巷談で扱ってみたいということも考えていた。けれども検事の訊問というものは、垣間見るわけにもいかないから、適切な例を知ることができない。

犯罪というものは、ぬきさしならぬ物的証拠をあげるということが却々(なかなか)できないもののようだ。いきおい状況判断によって裁判せざるを得なくなる場合が多いようだ。物的証拠があがらなければ無罪放免という公式論を一概にふりまわすわけにはいくまい。

しかし状況判断ということになると、易者や町医者の鑑定ぶりに近づくことになるから、巷談師が気がかりになるのである。

民事裁判の場合などでも、原告被告の人柄とか、判事の私生活との類似とかというようなことから、微妙な傾斜が起りはじめる危険がありそうに思われる。人間である限り、最善をつくしたツモリでも、誤審はさけがたいに相違ない。巷談師は、そういう例を、法律的にではなく、人間的に観察してみたいと考えていたのである。しかし、それは記事を見ただけでは分らない。訊問の現場や法廷に居て逐一見物した上でないとダメであるから、無精者の巷談師には実現不可能であった。三鷹事件などは特に見たかったのだが、あんなにシバシバ法廷がひらかれるのでは、田舎住いの私には、とてもコマメに通勤ができない。だから、本当にやってみたいと思ったことは、永久にやれそうもない運命にある。なぜなら、持って生れた無精者の根性がなおる見込みはないからである。

巷談師というものは、所詮高座の道化者で、オナグサミに一席弁じているにすぎないのである。天下国家を啓蒙しようというようなコンタンが多少でもあれば、大いにコマメに動きもしようが、そういう考えがミジンもないから、手頃な題材を見つけて、勝手放題な熱をふく。適当な（というのは、面倒なことのいらないという意味もある）題材に窮して、奇妙な探訪などに浮身をやつすようなことを数回つづけたりしたが、これは毎月必ずやらなければならないというムリも一因している。

私の巷談の材料になりそうで、ならないのは、政治である。なぜかというと、裏があって、それに通じない人間には分らないからである。そこへ行くと、裁判の方は、それほど裏というものがない。ただ法廷へもちだす前に検事が被告を訊問しているイキサツがハッキリ分らないだけが難点である。こういうものも公開したらどうだろう。

政界、官界、財界などの裏面のカラクリというものは、巷談のタネではなくて、「真相」というバクロ雑誌などの対象だ。現在の日本のようなカラクリの多いところでは、大いにバクロ雑誌があった方がよろしい。「真相」は共産党に偏しているからいけないが、不偏不党、もっぱら中正を旨とするバクロ雑誌があってくれて、大いに暴れてくれると面白いのである。「真相」の記事は、政界、官界、財界などの裏面については、相当正確だということである。スパイとか情報網がはりめぐらされているのであろう。最もいい加減なのは文壇の記事で、私にはマチガイの元がわかっている。タネの出所が分るのである。つまり文壇などというとるにも足らぬところには、スパイの必要もないし、情報網の必要もない。開けッ放しで、秘密がないのだからである。だから、アベコベに記事がマチガイだらけだという結果になっている。つまりゴシップにすぎない。

政界、官界、財界などのカラクリにくらべれば、邪教のカラクリなどは無邪気なものだ。底が知れている。

邪教が世間の問題になるのは、その莫大な利得のせいだが、当人が好んで寄進しているのだから、どうにも仕方がない。新興宗教が悪くて、昔ながらの宗教が良いというのも大いに偏見で、邪教の要素はあらゆる宗教にある。

宗教は相対ずくのもので、無縁の人間はソッポをむいておればよろしく、天下国家を危くするというような企みでも起さぬ限り、他に害を及ぼすものではなかろう。邪教退治というものは、新興成金にヤキモチをやきすぎる傾き濃厚で、もっと大きな悪質の狸は、他にゴロゴロしているようだ。

私が巷談で邪教を扱ってみたかったのは、お金もうけのカラクリなどをバクロしようというのではなく、どういう人間が、どういう風に信仰し、どういう効能に浴しているか、効能の実際の方を見たかったのである。その効能が狂信者の幻覚上の存在にすぎなくとも、その当人にとって、効能は効能である。宗教の法悦というものは、それに無縁の私にとっては、大そう興味が深いのである。その謎をきわめたかったのだ。つまり、ヤジウマにすぎないのである。

しかし、日本人の信教には物見遊山のような要素が多いようだ。道楽の一ツで、そのために産をつぶしてくやむところなし、とあれば、他人が気に病む境地ではないらしい。

私は以前、取手という利根川べりの小さな町に住んだことがあった。ここは阪東三十三ヵ所だか八十八ヵ所だかの札所で、お大師参りの講中というものがくるのである。先達に引率された婆さん連などであるが、宿屋でドンチャン騒ぎの狂態といったらない。しかし、そういうものを見て感じるのは、日本の家庭の暗さということで、婆さん連が浩然の気を養うのを咎めたいような気持は起らなかった。もっとも、ちょッと目をそむけずにはいられない、因果物的ではあった。

もう一つ、巷談に扱いたいと思っていて、できなかったのは、いわゆるアプレゲールなるものの生態である。果してアプレゲールという特殊な新人が誕生しているかどうか、小学、中学、高校、大学、山際的アンチャン連に至るまで、生態をしらべて御披露したいという大志をもっていた。これには先ず学校生活をつぶさに見て廻る必要がある。生徒たちの多くについて個々に知る必要もある。家庭の生活も知る必要がある。大志はいだいていたけれども、調査の面倒は大変だ。

第一、私には子供がない。全然手がかりがないわけであるから、その方が観察に新鮮味をそえる一利はあっても、調査の労力、時間というものが何倍となく要する。学校の教科書だって見る必要があるが、それについてもなんの知識もない。

これを巷談にあつかいたい気持は、今でも多分にあるけれども、課題が大きすぎて、一朝一夕で、まとめる見込みがないのである。簡単にやってやれないことはないが、手をぬきたくない課題である。そのうちポツポツ見聞をひろめ、一通り見聞して後に筆を執るべき性質のものだろう。

私は然し目下のところ、アプレゲールという言葉を好まないのである。そういう新人が現れているとは思っていないからである。山際青年や左文の事件について考えても、むしろ私には、山際にナイフを突きつけられて金を強奪された三人の旦那の方が、戦後派的ではないかと思うのである。

大の男が三人もいる自動車の中へ、ナイフを持って乗りこんで二百万円奪うつもりの山際はトンマな犯人で、どう考えても、未遂に終るのが当然だ。東京のマンナカで二人降し、一人降しして、降された旦那方に捕える処置ができないのもフシギ。まるで捕えて下さいと頼んでいるような、トンマな犯人をまんまと逃しているのである。

すくなくとも、戦争に負けるまでは、こういうノンキな旦那の存在は珍しかったろうと思う。職務に対する責任というものを持っていた筈だからである。

しかし、自分の金ならとにかく、人の金をまもって負傷するのはバカバカしいという考えは、新しいものではない。バカなケガをしたくないのはお互様で、人間の本音は昔からそういうものだ。

けれども、敗戦前までは、責任というような気分があって、本音を押えつけるような働きをしたものだ。あの三人の旦那方から聯想（れんそう）されることは、日本人が精神的にも完璧に武装解除したらしいナということで、志願兵はとにかくとして、徴兵でもして戦争をやろうたってムリな話、降参ぶりがずいぶん見事だろうと思う。これから日本と戦う国は日本の兵隊の数だけの捕虜を養う覚悟がいる。戦争しないという憲法を定めたのは、洞察力の明、神の如しというべしである。

もっとも、私も、戦争には降参組の先鋒で戦争しないという憲法には何より賛成なのである。しかし、三人の旦那方の在り方は、平和主義とは又違って、なんとなく臓腑がぬかれてしまったような悲しさを感じるが、どうだろうか。戦争ばかりじゃなしに、正義も人道も思慮も機転もみんなホーキしてしまったように思われる。昔ながらの人間ではあるが、戦争に負けるまでは、かなり日本に珍しい存在でもあったと思う。山際君よりもコッチの旦那方がアプレゲール的に見えるのである。

アプレゲール的なものは、子供に多く見るよりも、相当の旦那方に多いのではないですか。なんとなくウロウロしているように見えるのは大人の方で、子供はむしろシッカリと、自分というものを持ちはじめているのではないかな。これは私の空想だが、小学校へ参観に行ってみると、精神的にテンヤワンヤなのは先生方で、子供の方が大地をシッカとふみしめてガサツではあるが老成しているような珍事を見るのではないかと、ひそかに心細い思いをしているのである。

しかし、空想や、結論を急いだりは、つつしまなければいけない。いずれ閑々にゆっくりと子供の世界を見物して、御披露したいと思っているが、調査に大足労を要するから、いつのことだか分らない。そのうちにアプレゲールなどという言葉も忘れ去られて、巷談にとりあげる意味も失せてしまうかも知れぬが、それはそれで結構、特に間に合わせようというコンタンはない。

私の巷談なるものは、世間にはこんなこともある、こんな見方もあるということを、お慰みまでに申上げているにすぎないのだが、時に読者から、おほめの書信などいただいて身にあまることでした。一々御返事も差上げませんでしたが、巷談師は一そう責任を感じております。巷談は私のオモチャですから、折にふれ機にのぞんで一生やめないつもりですが、まず連載はこれをもって終ることと致します。長々御退屈さま。

凡例

一、本書は、『安吾巷談』（昭和二十五年十二月二十五日発行、文藝春秋新社）を底本として本文を校訂し、諸刊本や全集の本文をもって校合した。
一、本文は、現代仮名遣い・新字体で統一し、「ゝ」「〱」といった踊り字についても、それを用いない現代的表記に改めた。
一、本文の校訂においては、明らかな誤字脱字は修正したが、著者の表現を尊重するため、その修正は最小限にとどめ、基本的には底本の原文にしたがった。また、表現の不統一についても、同様の理由により、そのままとした。
一、底本に付されているルビに加え、現在では難読と思われる漢字にはルビを付した。
一、何の題材について書かれているのか、今日の読者には伝わりにくいと思われる章については、その冒頭に簡単な注釈を付した。
一、底本の本文中には、現在では差別的とされる表現も見られるが、発表時の時代的背景および作品の文学的価値に鑑み、そのままとした。

安吾巷談（あんごこうだん）

2018年11月15日　第1刷発行

著　者　坂口安吾（さかぐちあんご）

発行者　三田英信

発行所　三田産業株式会社
〒650-0031　兵庫県神戸市中央区東町122番地の2港都ビル8階
電話 078-599-6197　FAX 078-599-6198

組版・装丁　ISSHIKI（株式会社デジカル）

印刷・製本　昭和情報プロセス株式会社

ISBN 978-4-9910066-0-9